Смерть Ивана Ильича
伊万·伊利奇之死

[俄] 列夫·托尔斯泰 —— 著   于大卫 —— 译

天津出版传媒集团

天津人民出版社

果麦文化 出品

目 录

伊万·伊利奇之死

001

译后记 | 人人皆是伊万·伊利奇

115

01

在司法机关大楼内庭审梅尔文斯基家族一案的间歇，委员们和检察官聚集在伊万·叶戈罗维奇·舍别克的办公室，话题转到著名的克拉索夫案上。费奥多尔·瓦西里耶维奇激动起来，力证法院无管辖权，伊万·叶戈罗维奇则坚持己见。而彼得·伊万诺维奇呢，一开始没有加入争论，他不参与这件事，只是翻阅着刚送来的《公报》。

"先生们！"他说，"伊万·伊利奇死了。"

"不会吧？"

"在这儿，读读吧。"他对费奥多尔·瓦西里耶维奇说，递上最新的、还带着油墨味儿的报纸。

黑色的框格里印着:"普拉斯科维娅·费奥多罗夫娜·戈洛文娜沉痛通告诸位亲友,其钟爱的丈夫、高等法院成员伊万·伊利奇·戈洛文于一八八二年二月四日逝世。出殡定于星期五,下午一时。"

伊万·伊利奇是聚在此处诸位的同事,人们也都喜爱他。他已经病了好几个星期,据说,他的病无法治愈。职位还给他留着,但有一种推测是,假若他死了,阿列克谢耶夫会就任他的职位,就任阿列克谢耶夫职位的,或是维尼科夫,或是施塔别尔。所以,听说伊万·伊利奇死了,聚在办公室里的每一位最先想到的,是这人的死对委员们本人或其熟人的调动或晋升会有怎样的意义。

"现在,大概我要得到施塔别尔或维尼科夫的职位了,"费奥多尔·瓦西里耶维奇想,"早就答应过我了,这次晋升对我而言年薪会增加八百,还不算办公费。"

"现在应该请求把内弟从卡卢加调过来了,"彼得·伊万诺维奇想,"妻子会很高兴,这样就不会说我从不为她家人做什么事了。"

"我早就想,他这一病是起不来了,"彼得·伊万诺维奇脱口说出这句话,"真遗憾。"

"可是,说实在的,他到底得了什么病啊?"

"医生也都没能确诊。或者说确诊了,但说法各不相同。我最后一次见他的时候,还以为他会康复呢。"

"可我过节之后就没去过他那儿,一直打算去的。"

"话说,他有什么财产吗?"

"好像妻子那边有份不大的财产。但也是微不足道的。"

"是啊,应该去。他们住得远极了。"

"那是离您远。哪里离您那儿都远。"

"瞧,他就是不能原谅我住在河那边。"彼得·伊万诺维奇对舍别克微笑着说道。于是大家又说起了市区间距离的远近,便又去开会了。

除了这一死亡唤起每个人考虑职务上的调动与可能的变化,能够与这场死亡相随而来的那些事,相近的熟人之死这一事实本身,在所有听闻此事的人心中,如往常那样,唤起了一种喜悦之情,即死的是他,而不是我。

"瞧,他死了,可我没有。"每个人都在想,或者有这种感觉。相近的熟人呢，伊万·伊利奇所谓的朋友们，就此不由得想到，现在他们必须履行一项十分无聊的礼仪之责，前去祭奠并向遗孀表示哀悼。

最相近的人是费奥多尔·瓦西里耶维奇和彼得·伊万诺维奇。

彼得·伊万诺维奇曾是他法律专科学校的同学，认为自己受恩于伊万·伊利奇。

午饭时，彼得·伊万诺维奇转告妻子伊万·伊利奇死的事和可能把内弟调到他们区的考虑。他没有躺下休息，而是穿上燕尾服，乘车去了伊万·伊利奇家。

伊万·伊利奇寓所门前停着一辆轿式马车和两辆出租马车。楼下，在前厅的衣帽架旁边，靠墙立着覆了锦缎的棺材盖，上面有流苏和刷了金粉的饰带。两位穿黑戴素的太太正在脱毛皮大衣，其中一个，伊万·伊利奇的妹妹，是他们认识的，另一位——是个不认识的太太。彼得·伊万诺维奇的同事施瓦尔茨，正由楼上往下走，从上层梯级看见进门的人，停下来朝他眨了眨眼，仿佛在说："伊万·伊利奇处理事情不灵光，换了你我就是另一回事了。"

施瓦尔茨一脸英式腮须，燕尾服里的整个瘦削身形，像往常那样，有一种优雅的庄重，而这种庄重，总是与施瓦尔茨顽皮的性格相抵触，在此有种特别的意味。彼得·伊万诺维奇这样想到。

彼得·伊万诺维奇让两位太太先行，跟着她们慢慢走上楼梯。施瓦尔茨没挪地方，而是停在上面。彼得·伊万诺维奇明白这是为什么：他，显然是想商量一下，今天在哪里打文特牌[1]。太太们走上楼梯去遗孀那里了，施瓦尔茨呢，以严肃抿紧的双唇、顽皮的眼神、眉毛的动作，示意彼得·伊万诺维奇往右走，去死者的房间。

彼得·伊万诺维奇走了进去，像常有的那样，弄不明白自己在那儿该做什么。他只知道，在这种场合画十字从来都不碍事。至于是不是同时也该鞠躬，他没有完全的把握，因此就选了折中做法：走进房间，他开始画十字并稍稍弯了弯腰，好像鞠了个躬。在双手

---

[1] 一种纸牌游戏，十九世纪末流行于俄国，类似惠斯特牌，故亦称俄国惠斯特牌。

和头部动作容许的范围内，他同时环视了一下房间。两个年轻人，一个是中学生，大概都是侄子，画着十字，走出了房间。一个小老太婆站在那儿不动，一个奇怪的扬着眉毛的太太低声对她说着什么。诵经员，身穿常礼服，精神饱满、坚毅，大声读着什么，带着拒斥仕何异议的表情。配冷餐的乡下人格拉西姆，脚步轻捷地从彼得·伊万诺维奇面前走过，往地板上撒了些什么。看到这个，彼得·伊万诺维奇立刻感觉有一股轻微的腐尸气味。最后一次拜见伊万·伊利奇时，彼得·伊万诺维奇在书房见过这个乡下人，他在履行护理员的职责，伊万·伊利奇特别喜爱他。彼得·伊万诺维奇一直画着十字，朝棺材、诵经员和屋角桌上的圣像之间折中的方向微微鞠躬。而后，当手画十字的动作让他觉得过于持久的时候，他停了下来，开始端详死者。

死者躺着，正如死人通常躺着的模样，特别沉，死人那种僵硬的肢体深陷在棺材的衬垫里，头永久地弯在枕头上，像死人通常那样，挺起那色黄如蜡的前额，凹陷的太阳穴上方的额角，还有那突出的鼻子，

就像在挤压上嘴唇一般。他变化很大，自从彼得·伊万诺维奇上次见到他后，他更瘦了，但是，就像所有死人那样，他的脸更加漂亮，主要是——比在活人身上更具深意了。脸上表情的意思是，该做的都已做完，而且也做对了。此外，在这表情上还有对生者的责备或提醒。这种提醒让彼得·伊万诺维奇觉得并不合适，或者，至少跟他无关。不知为何他觉得不舒服，因此彼得·伊万诺维奇又匆匆画了个十字，但他仍觉得过于匆忙，不合乎礼仪，然后转身朝门口走去。施瓦尔茨在过道间等着他，双腿分得很开，两只手在背后摆弄着自己的高筒礼帽。瞧一眼施瓦尔茨那顽皮、爱好整洁而端庄的身形就能让彼得·伊万诺维奇振作起来。彼得·伊万诺维奇明白，他，施瓦尔茨，立足于更高的地方，不会屈服于种种令人沮丧的印象。单是他那副样子就在说：伊万·伊利奇安灵弥撒事件无论如何不能作为认定庭审秩序被破坏的充分理由，也就是什么都不能妨碍今天晚上噼噼啪啪拆开一副牌，那时，仆役将摆好四支未点燃过的蜡烛，完全没有理由假定这一事件能够妨碍我们愉快地度过今天这一晚。他也低声对从旁边经过的彼得·伊万诺维奇说了这话,建议在费奥多尔·瓦西里耶维奇那里聚齐。但是,看来彼得·伊万诺维奇今晚没运气玩文特牌了。普拉斯科维娅·费奥多罗夫娜,个子不高,是个胖乎乎的女人,尽管做出种种相反的努力,仍然从肩部往下一路展宽,她一身黑衣,头上罩着网饰,也像面对棺材站着的那位太太那样奇怪地扬着眉毛,与另外几位太太走出自己的内室,送她们到死者的房门口,说道:

"现在要做安灵弥撒了。请进吧。"

施瓦尔茨模糊不定地鞠了一躬,停下脚步,显然,他既不接受也不拒绝这一邀请。普拉斯科维娅·费奥多罗夫娜认出了彼得·伊万诺维奇,叹了口气,径直朝他走过去,握起他的手说:

"我知道,您是伊万·伊利奇真正的朋友……"接着看了看他,期待他对这句话做出相应的行动。

彼得·伊万诺维奇知道,如何在那边画十字,就该如何在这边握手、叹一口气并说:"请您相信!"于是他便这样做了。做完这件事,感到取得了希望的结果:他感动了,她也感动了。

"我们走吧,趁那边还没开始,我要跟您谈谈,"遗孀说,"请把您的手给我。"

彼得·伊万诺维奇伸出手臂,于是他们朝里面的房间走去,经过施瓦尔茨身边,后者忧伤地朝彼得·伊万诺维奇眨了眨眼睛。"这还打什么文特牌!请别怪罪,我们再另找搭档吧。等您脱身出来,五个人玩也没关系。"他那顽皮的眼神说。

彼得·伊万诺维奇更深、更忧伤地叹了口气,普拉斯科维娅·费奥多罗夫娜感激地捏了捏他的手臂。走进她那间包了玫瑰色印花饰布的会客室,里面有一盏昏暗的灯,他们在桌边坐下:她坐长沙发,而彼得·伊万诺维奇坐了那把弹簧移位、在他身下不正常地变形的矮软凳。普拉斯科维娅·费奥多罗夫娜本想预告他,让他坐另一把椅子,但发现这样预告不合乎自己的处境,便放弃了这个念头。坐上这把软凳,彼得·伊万诺维奇回想起伊万·伊利奇布设这间会客室时,恰好跟他商量过这种玫瑰色带绿叶的装饰布的事。坐长沙发时,经过桌子旁边(总体来说整个会客室满是各种小东西和家具),遗孀黑披肩的黑色花边被桌子的雕纹勾住了。彼得·伊万诺维奇稍稍起身，想去解开，他身下获得自由的软凳开始骚动，碰撞他。遗孀自己开始解下花边，于是彼得·伊万诺维奇重新坐下，压住他身下作乱的软凳。可遗孀并没有全部解下来，于是彼得·伊万诺维奇再次起身，软凳再次作乱，甚至"噼啪"响了一声。等一切都结束了，她拿出一块干净的麻纱手帕，开始哭。可彼得·伊万诺维奇让花边的插曲和软凳之战冷却下来，他阴沉着脸坐在那里。这种难堪的局面被索科洛夫打破，这人是伊万·伊利奇的冷餐厨子。他通告说，普拉斯科维娅·费奥多罗夫娜指定的那块墓地要价两百卢布。她止住哭泣，用一副受害者的样子看了彼得·伊万诺维奇一眼，用法语说，她很艰难。彼得·伊万诺维奇做了一个默然的手势，表示毫无疑问地相信，也不可能不这样。

"请抽烟吧。"她用宽容豁达而又伤心的声音说，与索科洛夫开始商议那块地方价钱的问题。彼得·伊万诺维奇抽着烟，听到她非常详细地询问土地的各种价钱，确定了合适的那种。确定完了地方，她还安排了唱诗班的事。索科洛夫走了。

"我全都自己做。"她对彼得·伊万诺维奇说，把桌上放着的相片册推到一边。接着，注意到烟灰会危及桌面，便毫不耽搁地朝彼得·伊万诺维奇挪过一只烟灰缸，说道："让人以为我因为痛苦而无法操持实务，我觉得太虚假了。正相反，如果有什么哪怕不是宽慰……而是能让我分心的话，那就是——操持他的事。"她又拿出手帕，好像要哭，突然间，又好像克制着自己，振作起来，开始平静地说，"不过我要跟您说件事。"

彼得·伊万诺维奇躬身致意，不让他身下立刻开始乱动的软凳弹簧展开。

"最后那几天他太遭罪了。"

"很遭罪吗？"彼得·伊万诺维奇问。

"唉，太可怕了！最后不是几分钟，而是几个小时，他不停地喊叫。一连三天三夜，他就扯着嗓子，喊啊。真是难以忍受。我真不明白，我怎么能经受住这个，隔着三道门都能听见。唉！我都经受了什么啊！"

"难道他还神志清醒？"彼得·伊万诺维奇问。

"是啊，"她低声说，"直到最后一分钟。他在临死前的一刻钟跟我们告别,还让人把瓦洛佳带开。"

想到这个人遭的罪,他与之如此相熟相近,起初是一个快活的男孩子,当了学生,而后是成年的伙伴。尽管不快地意识到自己和这女人的做作,想到这些还是突然让彼得·伊万诺维奇惊恐不已。他再次想到了那前额,压住嘴唇的鼻子,于是他开始为自己感到害怕。

"三天三夜可怕的痛苦和死亡。毕竟这种事有可能马上、随时发生在我身上。"他想,转瞬间他开始感到害怕。但立刻,他自己也不知道怎么回事,惯常的念头来帮他的忙了,即这事发生在伊万·伊利奇身上,而不是他,他身上不应该也不可能发生这种事。这样想,他就会屈从于阴郁的情绪,这是不该做的,正如这一点在施瓦尔茨的脸上明显表露的那样。做出这一推断,彼得·伊万诺维奇便安下心来,开始感兴趣地询问伊万·伊利奇逝世前后的种种详情,好像死亡是那样一种历险,它为伊万·伊利奇所固有,但完全不是他所固有的。

在有关伊万·伊利奇所经受的、的确非常可怕的肉体痛苦的详情的种种交谈之后(这些详情,彼得·伊万诺维奇只是从伊万·伊利奇的痛苦如何对普拉斯科维娅·费奥多罗夫娜的神经造成影响中得知的），遗孀显然觉得需要转入正题了。

"唉，彼得·伊万诺维奇，真难哪，真是太难了，太难了。"她又哭了起来。

彼得·伊万诺维奇叹了口气，等待着，等她擤鼻子。当她擤完鼻子，他说：

"请您相信……"于是她又开始说了起来，她说出来的，显然就是她找他办的要紧事，包括如何在丈夫死亡之际从国库领取抚恤金的问题。她做出一副样子，向彼得·伊万诺维奇请教有关抚恤金的建议，但他看出她已经知道最微末的细节，还有连他都不知道的：在这死亡之际都能从国库抠出什么来。但她想要了解的是，能不能设法再多抠出点儿钱。彼得·伊万诺维奇竭力想出这种办法，但是，想了几种，又出于礼节责备了我们政府的吝啬，说，看来再多也不可能了。这时，她叹了口气，显然开始想办法摆脱这位客人。他也明白这一点，灭掉纸烟，站起身，握了握手便去了前厅。

餐室里有一挂钟，伊万·伊利奇特别高兴他在旧物商店买下了它，彼得·伊万诺维奇在这里遇见了神父和其他几位前来安灵弥撒的熟人，见到了他认识的美丽的小姐：伊万·伊利奇的女儿。她穿着一身黑衣裳；她纤细的腰身，现在显得更细了；她带着一副忧伤、坚毅，几乎是愤怒的表情。她朝彼得·伊万诺维奇躬身致意，好像他有什么错似的。女儿身后站着同样表情委屈、彼得·伊万诺维奇认识的富有的年轻人，是位预审法官，他听说这人是她的未婚夫。他忧戚地朝他们躬身致意，便想去死者的房间，这时楼梯下面露出了上学的儿子那小小的身影，跟伊万·伊利奇像极了，这简直就是小伊万·伊利奇，彼得·伊万诺维奇记得在法律专科学校时他就是这个样子。他那双眼睛哭过，是那种十三四岁心思不纯净的男孩子常有的模样。男孩一见彼得·伊万诺维奇，就变得一脸严肃，害羞地皱起眉头。彼得·伊万诺维奇朝他点了点头，便走进死者的房间。安灵弥撒开始了——蜡烛，呻吟，燃香，眼泪，悲泣。彼得·伊万诺维奇蹙紧眉头站着，望着自己面前的双脚。他一次也没看死者，直到结束都没有屈从松懈下来的影响,是最先走出去的人之一。前厅里没有任何人。格拉西姆,那个配冷餐的乡下人,跑出死者的房间,用他有力的双手翻遍那些毛皮大衣,找出彼得·伊万诺维奇的大衣,递了过来。

"怎么,格拉西姆兄弟?"彼得·伊万诺维奇说,只为了说点儿什么,"惋惜吧?"

"上帝的旨意。我们全得去那边啊。"格拉西姆说,露出乡下人那洁白齐整的牙齿,就像正忙于紧张工作的仆人那样,赶快打开门,唤来马车夫,帮着彼得·伊万诺维奇坐上车,又跳回门廊,仿佛在想着他还能做些什么。

彼得·伊万诺维奇感到特别欣慰,能在燃香、尸体和石炭酸的气味之后呼吸到清新的空气。

"您吩咐去哪里?"马车夫问道。

"还不晚。我还要顺路去一趟费奥多尔·瓦西里耶维奇那儿。"彼得·伊万诺维奇便去了那里。果然,正赶上他们打完了第一圈,他乘便做了第五位牌手加入进去。

02

伊万·伊利奇一生的过往经历是最简单最平常,也是最可怕的。

伊万·伊利奇死在四十五岁上,是高等法院的委员。他是官员之子,父亲在彼得堡各部委和司局成就的那份功名,能把人置于那样一种地位。尽管到头来那些人明显不适合担任任何重要职务,但他们还是可以凭借自己长期的既往服务和自己的官阶而不被驱逐,因此他们会得到凭空构想出来的虚职和不虚的几千卢布,从六千到一万,这些钱让他们一直活到老迈之年。

枢密顾问、某种不必要机构的不必要成员伊利亚·叶菲莫维奇·戈洛文就是这样的人。

他有三个儿子，伊万·伊利奇是二儿子。大儿子也成就了父亲那样的功名，只是在另一个部，也接近了那种服务年限，到时候就能拿惯性化的薪水了。三儿子是个不成事的，他在各种职位上处处为自己作难，现今在铁路上供职。无论他父亲，还是两位兄长，尤其是兄长的妻子，不但不喜欢遇见他，而且若非极端必要也想不起他的存在。一个妹妹嫁给了格列夫男爵，也是他岳父那种彼得堡官员。伊万·伊利奇是人们所说的 le phenix de la famille[1]，他不像哥哥那样冷静和严谨，也不像弟弟那样无所顾忌。他介于二者之间——是个聪明、有活力，令人愉快而又讲究礼貌的人。他与弟弟一道在法律专科学校受教育。弟弟没有念完，五年级时被开除了，可伊万·伊利奇出色地完成了学业。在法律专科学校时他就已经是以后持续整个一生的那种样子：一个有能力的人，快活和善，好与人交往，但又严格履行他所认定的一己之责；他所认定的一己之责，便是身居高位的人们认作职责的一切；他从不巴结奉承，无论是小时候，还

---

[1] 原文为法语，意为"家中凤凰"。

是随后长大成人，但他自从青年时期就拥有的是，他，就像苍蝇对光那样，向往社交界身居高位的人们，去习惯他们的做派、他们对生活的见解并与他们建立友好的关系。童年和青年的全部热忱对他来说都已过去，没有留下大的印迹；他倾心于声色和虚荣，还有——最后，在高年级时——热衷自由主义思想，但一切都在某种限度内，是他的感觉向他正确地指明了的。

在法律专科学校时他做下的行为，是先前让他觉得大为卑鄙的，在他做下这些事的时候，也引起他对自己本身的厌恶。但是后来，看见那些行为也是高高在上的人们在做的，也不认为它们是坏事，于是他虽然不认为它们是好事，却也完全忘记了它们，回忆起它们也一点儿都不难过。

以十等文官的身份走出法律专科学校，又从父亲那里得了置装费，伊万·伊利奇在沙尔梅尔的店里为自己订了一套衣服，在怀表坠上挂了带有铭文"respice finem[1]"的小牌牌，告别了亲王和老师，与同学们在多

---

[1] 原文为拉丁语，意为"预见结局"。

农饭店吃过午餐,便提着时新的皮箱,装着内衣、外套、刮脸和洗漱用具以及一条花格子毛毯,全都是在最好的商店订制或购买的,乘车去外省就任省长特派员的职位,那是父亲为他弄到的。

在外省,伊万·伊利奇立即为自己安排出他在法律专科学校的那种轻松而愉快的状态。他从事公职,成就事业,同时又愉快而体面地寻开心。他偶尔受上级委派去县里,举止体面地对待上司或下属,以他不无自豪的准确性和清廉无私的正直,完成委托给他的差事,主要是分裂派教徒[1]的事务。公职事务上的他,尽管年纪轻轻又热衷轻浮逸乐,还是极其谨慎、正规,甚至严厉。但在社会交往中他常常爱玩、俏皮,而且始终和善体面,是个bon enfant[2],他的长官和长官妻子就是这样说他的,在他们那里他是自家人。

在外省他曾与一位太太有过关系,她硬缠着这位衣冠楚楚的法学人士;还有过一个女帽商,曾与到访

---

[1] 指虔信旧有宗教礼仪的老派教徒。因拒绝莫斯科第七任牧首尼孔于十七世纪中期推行的改革,导致俄罗斯东正教教会中的持久分裂。
[2] 原文为法语,意为"乖孩子"。

的侍从副官们纵酒狂欢,晚餐后前往后街陋巷;也曾巴结讨好长官,甚至长官的妻子,但这一切都带有那种正派行事的高格调,以至于这一切不可能用坏词儿来称谓,这一切只适于归到那句法国格言的名目之下:il faut que jeunesse se passe[1]。一切的发生伴随着干净的双手、干净的衬衫,伴随着法国人的话语,而最主要的,是在最上流的社会里,因此,也伴随着身居高位的人们的认可。

就这样,伊万·伊利奇供职了五年,职务上发生了变化。出现了一些新的司法机构,也就需要新人了。

于是伊万·伊利奇就成了这样的新人。

伊万·伊利奇被人推荐一个预审法官的职位,伊万·伊利奇接受下来,尽管这一职位在另外的省份,而他必须抛下建立好的关系再去建立新的。伊万·伊利奇由朋友们送行,合了影,大家送了他一只银制烟盒,他便去就任新职了。

当上预审法官的伊万·伊利奇仍是那样 comme il

---

[1] 原文为法语,意为"青春自有其时"。

faut[1]，正派体面，善于区分公务职责与个人生活并赢得了普遍的尊敬，就像他做特派员那样。预审法官的职务本身对伊万·伊利奇来说比先前的职务远为有趣和吸引人。先前任职时一身沙尔梅尔的文官制服，迈着自由自在的步子经过心神不定等候接见的请愿者和公务人员之类羡慕他的人，直接走进长官的办公室，坐下来与他喝茶、抽香烟，很是惬意。但直接听由他处置的人，却很少。这种人只是些县警察局长和分裂派教徒，那也是当他被派出去办事的时候。而他也喜欢彬彬有礼，几乎像同伴一般对待那种依赖他的人，喜欢让人觉得，他，能够捏死别人，却友好地、平易地对待他们。这种人那时候很少。现在呢，当上预审法官，伊万·伊利奇觉得，所有的人，无一例外，所有最显要自负的人——全都在他的掌控之中，他只需在纸上写下几句话再加个标题，那个显要又自负的人就会被带到他这儿当被告或者证人，如果他不想让对方坐下，对方就得一直站在他面前，回答他的问题。伊

---

[1] 原文为法语，意为"合乎礼仪"。

万·伊利奇从来没有滥用过自己的这一权力，相反，他试图软化它的表现。但对这种权力的意识和软化它的可能性，构成了他的新职务的主要趣味和吸引力。在这一职务本身，也就是说在预审中，伊万·伊利奇很快就掌握了方法，将所有与职务无关的情况推到一边，并赋予任何最为复杂的案件以那样一种形式，即案件只是以表面的形态呈现在纸上，并完全排除了他的个人观点，而且最重要的是，遵守所有必要的手续。这是一件新鲜事。他是第一批在实践中制定"一八六四年条例附则"[1]的人之一。

搬到新城市就任预审法官，伊万·伊利奇有了新的相识和关系，以新的方式彰示自己并采取了稍有不同的作风。他彰示自己，适当疏远外省的权力机关，选择了住在城里的司法人士和富裕贵族中最好的圈子，采取对政府轻微不满、适度自由派和开化的公民意识的作风。同时，丝毫不改变自己衣着的高雅气质，伊

---

[1] 一八六一年废除农奴制后，亚历山大二世于一八六四年实施司法改革并制定新条例，包括设置独立于行政部门的司法法庭、陪审团制度、任命治安法官以处理当地的轻微犯罪、公开审判等。

万·伊利奇在新职务上不再经常刮下颏,而是让胡须自由随处生长。

伊万·伊利奇在新城市里的生活非常惬意:和与省长相抗逆的社交群体和睦而友好,薪水也更多了,惠斯特那时也为生活增添了不少乐事,伊万·伊利奇开始玩这种牌,他有本事玩得开心,头脑灵活,又很敏锐,因而总体来说他一直赢牌。

在新城市供职两年后,伊万·伊利奇遇见了自己未来的妻子。普拉斯科维娅·费奥多罗夫娜·米赫里是伊万·伊利奇时常往来的那个小圈子里最迷人、聪明、出众的姑娘。在其他消遣和法官工作之外的休闲中,伊万·伊利奇与普拉斯科维娅·费奥多罗夫娜建立了快活而轻松的关系。

伊万·伊利奇在做特派员的时候,一般来说也跳舞,做预审法官时跳舞已经是一种例外。他跳舞已经有了那样一种意义,即尽管在新的机关,又是五等文官,但如果事关跳舞,那么我能证明,在这类事上我能比别人做得更好。就这样,他偶尔在晚会结束时跟普拉斯科维娅·费奥多罗夫娜跳跳舞,而且主要是在

跳舞的时候征服了普拉斯科维娅·费奥多罗夫娜。她爱上了他。伊万·伊利奇没有明显的、确定的结婚意图，但当这位姑娘爱上了他，他便向自己提出了这个问题。"说到底，为什么不结婚呢？"他对自己说。

少女普拉斯科维娅·费奥多罗夫娜有很好的贵族出身，也不丑，还有一小份财产。伊万·伊利奇本可期望更出色的配偶，但这个配偶也很好了。伊万·伊利奇有他的薪俸，她那边，他希望也有这么多。出身很好，她——一个可爱、漂亮且十分正派的女人。若说伊万·伊利奇结婚是因为他爱上自己的未婚妻并发现她认同自己的生活观念，那是不公道的，就如同说他结婚是因为他社交圈里的人们认可这位配偶一样。伊万·伊利奇结婚出于双重考虑：得到这样一位妻子，他为自己做了一件愉快的事；与此同时，他做了身居最高位的人们认为是正确的事。

于是伊万·伊利奇结婚了。

娶妻的过程本身和婚姻生活的最初时日，伴随着夫妇间的亲昵、新的家私、新的器具、新的布单铺盖，直到妻子怀孕过得都很好，以致伊万·伊利奇已经开始觉得，婚姻不仅不会破坏生活的那种特性——轻松、惬意、愉快，且总是体面而又被社会认可，伊万·伊利奇认为这是生活大体上固有的——而且还强化了它。可紧接着，从妻子怀孕的头几个月开始，出现了某种新的，令人意外、不快、沉重和不体面、无法预料且怎么都无法摆脱的情况。

妻子毫无理由地，让伊万·伊利奇觉得是 de gaite de cœur[1]，正如他对自己说的那样，开始破坏生活的愉快和体面：她毫无缘故地嫉妒他，要求他体贴照顾她，对一切都百般挑剔，制造令他感到不愉快和粗鲁的争吵。

一开始，伊万·伊利奇希望以对待生活的那种轻松和体面的态度摆脱这种不愉快的状态，这种办法先前是管用的——他尝试不去理会妻子的心境，继续像以前那样轻松愉快地生活：邀朋友到自己家组牌局，也尝试自己去俱乐部或友人那里。但有一次妻子开始那样劲头十足地用粗鲁的字眼骂他，而且每当他没能实现她的要求，她就那样不依不饶地继续骂他，显然

---

1 原文为法语，意为"一时兴起"。

她下定决心不会停止，直到他俯首听命，也就是他要在家里待着，像她一样发愁，这让伊万·伊利奇感到恐惧。他明白了，夫妻生活——至少，与他的妻子生活——并不总是能够促进生活的愉快和体面，而是相反，经常会破坏它们，因此必须保护自己免遭这种破坏。于是，伊万·伊利奇开始为之寻找办法。公务是唯一令普拉斯科维娅·费奥多罗夫娜敬仰的事情，于是伊万·伊利奇借助公务和由此产生的种种职责开始与妻子斗争，筑起围栏保护自己的独立世界。

随着孩子降生，一次次喂养的尝试和各种各样的挫折，随着孩子和母亲实际的与想象出来的疾病——需要伊万·伊利奇参与其中，但他又什么都无法弄明白——在家庭之外为自己的世界筑起围栏的需求对伊万·伊利奇来说变得更为迫切了。

当妻子变得越来越易怒和苛求，伊万·伊利奇便越来越将自己生活的重心放在了公务上。他变得更爱公务，也变得比先前更追求功名。

很快，结婚之后不到一年，伊万·伊利奇就明白了，夫妻生活，虽然提供了生活上的某种便利，但实际上却是非常复杂而沉重的事情。对此，为了履行自己的职责，也就是过一种体面的、社会所认可的生活，他需要培养出某种态度，就像对待公务那样。

于是，伊万·伊利奇为自己制定了这种对待夫妻生活的态度。他对家庭生活的要求只是这些便利：家常便饭、女主人、她可以给他的床榻，以及最主要的，是由公众舆论确定的那种外表形式的体面。其余方面他则寻找宜人的快乐，如果找到了，他会非常感激。如果遇到对抗和抱怨，就会立即躲进自己单独的、由他筑起围栏的公务世界并在其中寻找快乐。

伊万·伊利奇被推崇为好官员，三年后被任命为副检察官。种种新的职责、它们的重要性、将任何人拉来审判和关进监牢的可能性、公开讲演、伊万·伊利奇在这类事上拥有的成就——这一切更加吸引他投身公务。

孩子们一一到来。妻子变得更爱唠叨抱怨，更爱发脾气，但伊万·伊利奇制定的对待家中生活的态度让他几乎不受她唠叨抱怨的侵扰。

在一个城市供职七年后，伊万·伊利奇被调到另一省份的检察官职位上。他们搬了家,钱少,妻子也不喜欢他们搬去的地方。薪水尽管比先前多,但生活更加昂贵。此外,还死了两个孩子,因此家庭生活对伊万·伊利奇来说变得更不愉快了。

普拉斯科维娅·费奥多罗夫娜把在这个新居住地发生的所有磨难都归咎于丈夫。丈夫和妻子之间谈话的大部分话题,特别是孩子的教育,都会勾起那些回忆中争吵不休的问题,而争吵随时可能爆发。剩下的只是那些稀有的夫妻之间的恩爱时段,但都持续不久。这是一些小小的岛屿,他们只是一时依附,然后又再度放归深怀敌意的大海,其表现就是相互的疏远。这种疏远本来可能让伊万·伊利奇伤心,如果他认为不该这样的话,但他现在已经承认这种状态不仅是正常的,而且是家庭中全部活动的目标。这一目标在于,使自己越来越摆脱这些烦恼,赋予它们无害与体面的特性。他达到目标的办法是,与家人度过的时间越来越少,而当他不得不这样做的时候,就尽量依靠旁人在场保全自己的状态。最主要的,是伊万·伊利奇有公职。在公务的世界集中了他全部的生活兴趣，而这种兴趣吞噬了他。意识到自己的权力，能够毁掉任何他想毁掉的人的能力，在进入法庭和遇见下属时甚至表露在外的显赫，自己在上级和下属面前的成功，而最主要的，他所感觉到的自己办理案件的技能——这一切都让他高兴，加上与同事们的倾谈、宴会和惠斯特充实了他的生活。因此，伊万·伊利奇的生活大体上如他认为理所应当的那样：愉快而又体面地继续下去。

就这样他又过了七年。长女已经十六岁，又有一个孩子死了。剩下一个上中学的男孩子，也是他们发生争执的原因。伊万·伊利奇想送他去学法律，可普拉斯科维娅·费奥多罗夫娜成心与他作对，送他去了普通中学。女儿在家学习，成长得很好，男孩子学习也不错。

03

伊万·伊利奇的生活就这样在结婚后持续了十七年。他已经是老检察官,拒绝了几次调动,等待更称心如意的职位,这时出人意料地发生了一种令人不快的状况,完全破坏了他生活的平静。伊万·伊利奇等着大学城主席的职位,但霍佩不知怎么抢在前头,得到了这个位子。伊万·伊利奇很气愤,开始指责,跟他以及跟直接上司争吵。他开始受到冷落,下一次的任命又绕过了他。

这是一八八〇年的事。这一年,伊万·伊利奇的生活最为艰难。这一年里,一方面,薪金不足以维持生活;另一方面,所有的人都忘了他,而在他看来这是对他最大、最残酷的不公正，别人却觉得是十分平常的事，甚至父亲也不认为自己有责任帮助他。他觉得所有的人都背弃了他，认为以他的情况拿三千五百卢布的薪水是最正常的，甚至是幸福的了。只有他一个人明白，意识到那些对他做出的种种不公，加上妻子长期的呱噪，还有他开始欠下的债款，过着超支的日子——只有他一个人明白，他的情况远非正常。

这年夏天为减少开支，他休了假，与妻子去乡下普拉斯科维娅·费奥多罗夫娜的兄弟那里度夏。

在乡下，不做公务的伊万·伊利奇第一次感觉到不单是寂寞，而且是难以忍受的苦闷。于是他决定，这样生活下去不行，一定要采取某种决定性的措施。

度过了一个不眠之夜，其间伊万·伊利奇在露台上走来走去，他决定去彼得堡托人说情，以便惩罚那些无能赏识他的人，转到另一个部去。

第二天，不顾妻子和内兄一再劝阻，他动身去了彼得堡。

他此行只为一件事：请求五千薪俸的职位。他已经不再执着于哪个部、哪个方向或者事业的类别。他想要的只是职位，一个五千薪俸的职位，或是行政部门，或是银行，或是玛丽皇后的机关，甚至海关都行，但一定要有五千的薪水，一定要离开不能赏识他的部。

伊万·伊利奇这次出行获得了惊人的、出人意料的成功。在库尔斯克坐上头等车厢的Ф.С.伊林——他的熟人，通告说库尔斯克省长刚收到一份电报，部里这几天要发生变革：彼得·伊万诺维奇的职位要任命给伊万·谢苗诺维奇。

拟议中的变革，除了本身对俄罗斯的意义，对伊万·伊利奇具有的特殊意义在于，它推出了新人彼得·彼得罗维奇，很显然，还有他的朋友扎哈尔·伊万诺维奇，这对伊万·伊利奇来说最为有利。扎哈尔·伊万诺维奇是伊万·伊利奇的同事和朋友。

在莫斯科，消息得到了证实。来到彼得堡，伊万·伊利奇找到扎哈尔·伊万诺维奇，得到承诺在自己先前的法律部谋个合适的职位。

一周后他给妻子发了电报：

"扎哈尔接米勒职位，第一次报告时我就获得任命。"

伊万·伊利奇借助这次人事变动出乎意料地得到了自己原先部里的这一任命,结果比自己的同事们高了两级:五千薪金外加升迁费三千五百。对自己以前的仇人和整个部的所有恼恨都忘掉了,伊万·伊利奇十分幸福。

伊万·伊利奇回到乡下,愉快、满足,那副样子很久都没有过了。普拉斯科维娅·费奥多罗夫娜也愉快起来,他们之间达成了休战。伊万·伊利奇讲述了人们在彼得堡如何为他庆贺,他那些曾经的仇人,如今如何丢脸,在他面前巴结谄媚,如何嫉妒他的地位,尤其说起在彼得堡人们如何热爱他。

普拉斯科维娅·费奥多罗夫娜听完这些,做出一副样子,意思是她相信这些,也什么都不反驳,只是为他们搬去的那个城市的生活做了规划。伊万·伊利奇高兴地看到,这些计划就是他的计划,他们相互投合,他绊绊磕磕的生活再次获得了真正的、它所特有的、愉快的惬意和体面的特性。

伊万·伊利奇来的时间很短。九月十日,他就要接任新职,除此之外,需要时间在新地方安置下来,把一切从外省运过去,还要补买、订购很多东西,一句话,要像他在头脑里决定的那样安置好,几乎恰好是普拉斯科维娅·费奥多罗夫娜心里决定的那样。

现在,一切都安置得那样妥当,他跟妻子也达成了一致目标。此外,因为很少在一起生活,他们是那样和睦,他们在婚姻生活的头几年都未曾如此和睦。伊万·伊利奇想过立刻把全家带走,但妹妹和妹夫十分坚持,他们突然变得对伊万·伊利奇和他一家人特别殷勤而又亲切,使得伊万·伊利奇只能一个人走了。

伊万·伊利奇走了,事业上的成功以及与妻子的和谐一致,两者相互强化,所产生的愉快心境一直伴随着他。他找到了一处讨人喜欢的寓所,也正是夫妻二人向往的。又宽又高、老式风格的会客室,舒适堂皇的书房,妻子和女儿的房间,儿子的课业室……一切就像有意为他们构想出来的。伊万·伊利奇亲自着手布置,选了壁纸,添购家具,特别从古旧物件里选,他觉得是那种特别古雅的派头,还有包覆布,一切都在生长,生长并抵近他为自己制定的理想。当他布置了一半的时候,他的布置就已超出他的期待。他明白,终将完毕时一切就会带有那种古雅、精致和并不鄙俗的特性。入睡时，他想象着厅堂将是什么样子。望着尚未完成的会客室，他已经看见了壁炉、护板、搁架和那些散放的小凳子，墙上的那些盘子、碟子和铜器，全都各就各位的样子。一想到他会让帕莎和丽赞卡[1]大吃一惊，就让他高兴，她们也有这种品位。这是她们无论如何都想不到的。尤其是他设法找到并便宜地买下了那些老物件，它们让一切有了特别高雅的气质。他在书信中故意把一切说得比实际上差些，好让她们吃惊。这一切是那样占据着他，以致他的新职位、这份爱的事业，更少占据他的心思，不像他期望的那样。在庭审时他常有心神涣散的时候：他在沉思窗帘顶上要配什么样式的帘头，要平直的还是收褶的。他是那样操心这件事，以至于经常亲自忙活，甚至挪动家具，亲自换着挂窗帘。有一次他爬上一个小梯子，给没弄明白的装潢匠比画自己想怎样裹布，却失足掉了下来，不过，作为一个健壮灵活的人，他稳住了，只是侧身

---

[1] 分别为妻子和女儿的小名。

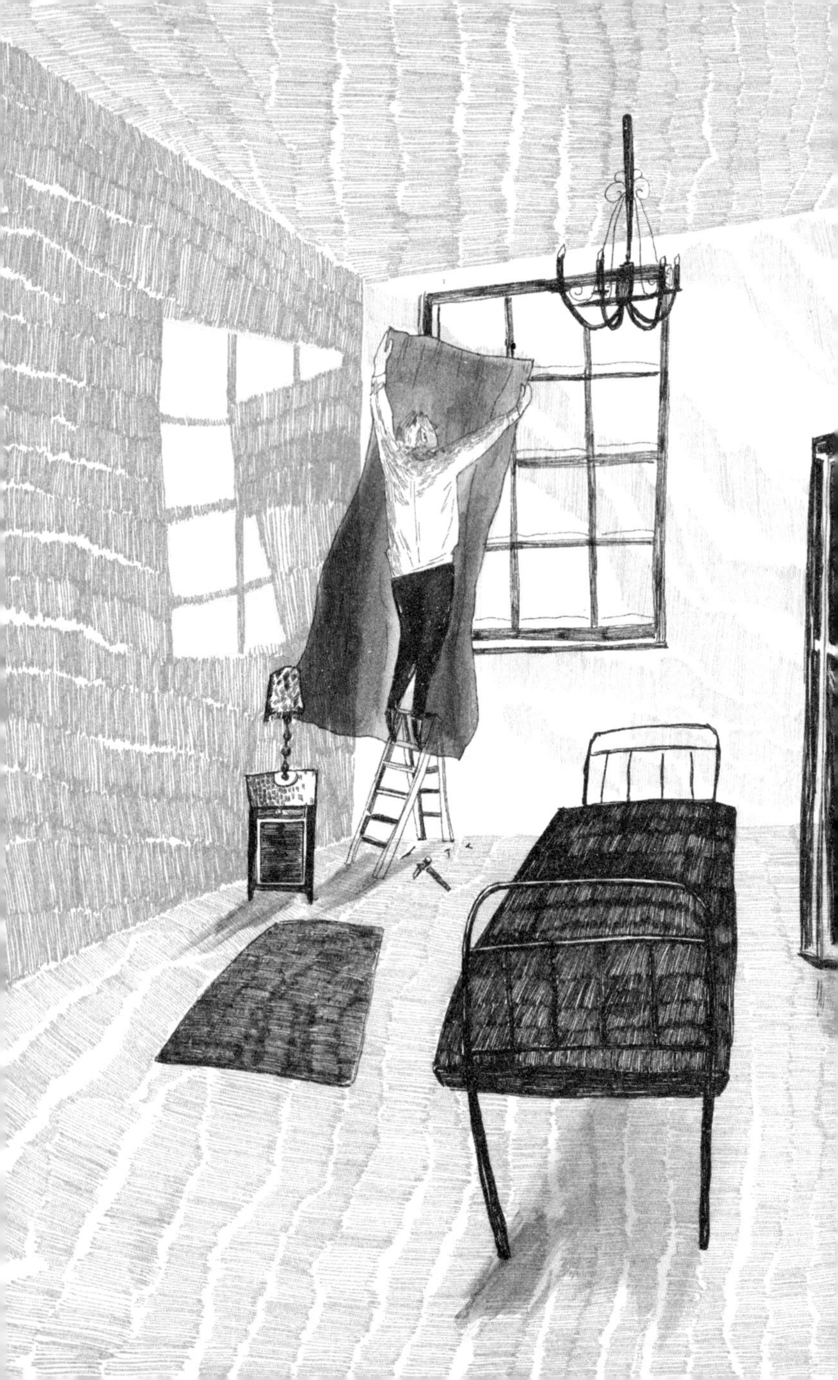

撞到了窗框的把手。碰伤疼了一会儿，但很快就过去了——伊万·伊利奇觉得自己整个这段时间特别愉快而健康。他写道：我感觉到，从我身上抖掉了十五年。他想着九月份结束，但又拖到了十月中。但结果很让人喜欢——不只是他说，任何人见了也都对他这样说。

实际上，这正是所有不完全是富人，却偏要显得像富人的那些人常有的情况，因此只能是互相之间都很像：花缎饰布、乌木、花、地毯和铜器。有暗色的，有亮闪闪的——一切都是所有特定种类的人会做的，以便显得像所有特定种类的人。而他这里的情况那样相像，以致甚至都无法引起人们的注意，但这一切让他感到还是有些特别的。当他在火车站迎接家人，带他们来到自己明亮、齐备的住宅，一位打着白领结的仆人推开花朵装饰的前厅门，然后他们进入会客室，高兴地发出惊叹——他十分幸福，带他们各处看，汲取他们的赞美，高兴得容光焕发。就在这天晚上喝茶时，普拉斯科维娅·费奥多罗夫娜顺便问他，他是怎么摔下来的，他哈哈大笑，活灵活现地表演他是怎么飞出去、吓坏了装潢匠的。

"我这体操家也没白当。换了别人就摔死了，可我就是这里撞了一下。碰的时候疼，但都过去了，只是有块瘀青。"

于是他们开始在新住所生活，正如常有的那样，当好好住习惯了，欠缺的只是少了一个房间。而新的资财呢，如常有的那样，只欠缺那么一点点——差不多五百卢布吧，而情况是很好的。一开始特别好的是，当一切还未安排妥当，还需要进行安排：购买、定制、撤换、调整。尽管丈夫和妻子之间有过一些分歧，但两人是那样满足，又有那么多事情，因而到头来并没有大吵大闹。当已然没什么可布置的时候，就开始有点儿无聊，欠缺了点儿什么，但立刻又有了新的结识、习惯，生活也就充实了。

伊万·伊利奇上午在法院度过，回家吃午饭。最初一段时间他的心境很好，尽管正是因为住所让他有点儿难受（桌布、花缎饰布上的污渍，破烂的窗帘拉绳让他恼火：他把那么多劳动花费在安排布置上，以致任何破坏都让他心痛）。但总体来说，伊万·伊利奇的生活按他的信仰走了下去，而生活也本该如此度过：

轻松、愉快，又体面。他九点起床，喝咖啡，读报纸，然后穿上文官制服乘车去法院。在那儿就得扣紧他工作时要戴的箍环，他一下子就套进去了；请愿者，办公室的查问询，办公室本身，庭审——公审和预审。在这一切事务中必须善于排除所有原生的、俗常的东西，它们总是干扰公务的正常运作：不能容许与他人有任何公务之外的关系，产生关系的理由只能是公务上的，关系本身必须是公务关系。比如，来了一个人想了解什么事情，伊万·伊利奇作为职务无关之人，就不能跟这个人有任何关系；但如果这个人与委员有关系，这种关系有可能连带标题反映在文件上——在这类关系的范围内伊万·伊利奇会尽一切可能，果断地做好一切，同时维持人际友好关系的表象，也就是讲求礼貌。公务上的关系一结束，其他任何别的也就结束了。以这种能力把公务区分在一边，不跟自己真正的生活混同，伊万·伊利奇在最高程度上拥有长期的实践和天赋，以至于锻炼到了那样一种程度，甚至他，作为一位大师，有时容许自己，就像玩笑一般将人际关系跟公务上的关系混同起来。他容许自己这样做是因为，他感觉到自己有一种内在的力量，总是能在自己需要的时候，再次分拨出公务关系，抛开人际关系。这件事在伊万·伊利奇这里不仅轻松、愉快，又体面，甚至有大师的风范。间歇时他抽支烟，喝杯茶，谈论少许政治、少许公共事务、少许打牌的事，谈论最多的是职务委任。一身疲劳，但怀着大师的感觉，犹如乐队里清晰完成自己部分的首席小提琴手之一，回到家中，在家里女儿跟母亲去了什么地方，或是他们家来了什么人。儿子在上中学，跟家庭教师准备功课，按中学里教授的课程正常学习。一切都很好。午饭后，如果没有客人，伊万·伊利奇有时读读书，很多人谈论的那种书。晚上坐下来办公，也就是读公文，查阅法规——核对证据并找出法律根据。这对他来说既不无聊，也不快乐。觉得无聊，是本来能玩文特牌的时候，但如果没有文特牌局——这样毕竟比一个人或者跟妻子坐着好些。伊万·伊利奇的乐事是小型的午宴，他邀来上流社会地位重要的太太和先生，这种跟他们在一起的消遣，很像这些人平常消磨时光的方式，正如他的会客室很像所有的会客室那样。

有一次，他们家甚至办了一场晚会，人们跳了舞。伊万·伊利奇很愉快，一切都很好，只是因为蛋糕和糖果跟妻子大吵了一架：普拉斯科维娅·费奥多罗夫娜有自己的计划，而伊万·伊利奇则坚持一切都从昂贵的糖果点心商那里买，他还买了很多蛋糕，吵架是因为蛋糕剩下了，而糖果点心商的账单高达四十五卢布。这次吵得很厉害，很令人不快，以致普拉斯科维娅·费奥多罗夫娜对他说："傻瓜，蔫吧佬。"而他抓着自己的脑袋，愤愤然不知怎么提到了离婚。但晚会本身是愉快的。都是最上流的人士，伊万·伊利奇还与特鲁丰诺娃公爵夫人跳了舞，她的姐妹以创办"请带走我的悲伤"协会[1]而知名。公务上的快乐是自尊的快乐，社交的快乐是虚荣的快乐，但伊万·伊利奇真正的快乐是文特牌局的快乐。他承认，在一切之后，在他生活中无论何种不愉快的事件之后，快乐，就像面对其他一切燃烧的蜡烛——这便是与好的玩家和不吵不闹的搭档坐下来玩文特牌，还一定要四个人玩

---

[1] 这是作者虚拟的慈善协会，这类协会在当时十分流行。

（五个人玩就会时常出局，让人难受，尽管要假装我很喜欢），主导一场聪明、认真的牌局（当出牌的时候），然后是晚餐，喝杯酒。打过文特牌，特别是小有赢牌时（大的赢牌令人不快），伊万·伊利奇在特别好的心境中上床就寝。

他们就这样生活着。他们身边结成的社交圈子是最好的，前来拜访的都是重要人物，也有年轻人。

在对自己熟人圈子的态度上，丈夫、妻子和女儿完全吻合，并未互相商量，便一致拒斥并摆脱各种朋友和亲戚、邂逅之人，这些人纷纷飞奔而至，温情款款地走进墙壁上满是日本瓷盘的会客室。很快这些邂逅朋友就不再飞奔而来，于是戈洛文家剩下的就是最好的社交圈子了。年轻人追求丽赞卡，而彼得利谢夫，德密特里·伊万诺维奇·彼得利谢夫的儿子、他财产的唯一继承人，预审法官，也开始追求丽莎，以至于伊万·伊利奇已经跟普拉斯科维娅·费奥多罗夫娜说起这件事：要不要撮合他们坐三驾马车出游，或者安排看一出戏。他们就这样生活着，没有改变，一切也非常好。

04

所有人都很健康。至于伊万·伊利奇有时说到嘴里有股怪味,胃部左侧有点儿不舒服,也不能说不健康。

可情况是,这种不舒服感开始增长,还没有过渡到疼痛,但意识到侧腹持续的不适,心境也变得糟糕了。这种糟糕的心境变得越来越强烈,开始损害在戈洛文家庭中建立起来的那种生活的轻松而体面的愉悦之感。丈夫和妻子开始越来越频繁地争吵,轻松和愉悦也很快消失了,费力保持着仅有的体面。吵架再次变得频繁。又只剩下一些小小的岛屿,也很少了,让丈夫和妻子能够共处,不爆发吵闹。

而普拉斯科维娅·费奥多罗夫娜说她的丈夫性格糟

糕，现在也不无根据了。她以固有的夸大其词的习惯说，他一直就是那种可怕的性格，多亏了她的善良，才忍受了二十年。确实，现在争吵都是从他那儿开始的。他的吹毛求疵总是恰好在午饭前开始，常常是当他开始吃汤[1]的时候。时而他注意到某件餐具损坏了，时而菜肴不合口味，时而是儿子把胳膊肘放在了餐桌上，时而是女儿梳的发型，任何事情他都责怪普拉斯科维娅·费奥多罗夫娜。普拉斯科维娅·费奥多罗夫娜一开始还反驳，对他说些令人不快的话，但他一两次在开始吃午饭的时候那样狂怒起来，让普拉斯科维娅·费奥多罗夫娜明白，这是进食在他身上引发的病态，便克制住自己，她已然不再反驳，只是赶忙吃完饭。普拉斯科维娅·费奥多罗夫娜的克制为自己建立了一份大大的功劳。认定她的丈夫有着可怕的性格，让她的生活不幸，她就开始可怜自己。她越是可怜自己，就越憎恨丈夫。她开始希望他死掉，但又不能抱有这种希望，因为那时候就没有薪俸了，而这更激起她对他的恼怒。她认为自己非常不幸，

---

[1] 汤是第一道"菜"，依照俄风俗译作吃。

甚至他的死亡都不能挽救她，她很恼怒，隐藏起这些，而她这种隐藏的恼怒又加剧了他的恼怒。

在一次争吵之后——当时伊万·伊利奇特别不对，他在解释时说，他确实易怒，但这是因为疾病。她便对他说，如果他病了，就该治疗，并要求他去看一位名医。

他去了。一切如他所料。一切就像常常发生的那样，无论是候诊，还是医生那种假作的傲慢，都是让他熟悉的，正是他在自己那里，在法院所熟知的，敲一敲，听一听，提了问题，要求得到预先确定的、显然是不必要的回答，而那副颇具意味的样子，是在暗示，说，您哪，只管服从我们就好了，我们会把一切安排妥当的，我们这儿知道怎么把一切安排妥当。也毫无疑问，对任何人都是同一种方法，无论是谁。一切完全跟法院里一样。正如他在法院对被告装腔作势那样，名医也同样对他装腔作势。

医生说：某某及某某表明，在您的体内有某某及某某。但如果按照某某及某某检查确定下来，那么您的情况应该推断为某某及某某。如果推断为某某，那就……如此等等。对伊万·伊利奇来说只有一个问题是重要的：他的情况危险不危险？但医生不理会这个不合时宜的问题。从医生的观点看，这个问题空洞无聊，无须讨论，存在的只是对种种可能性的估量——游走肾、慢性黏膜炎和盲肠炎。没有关乎伊万·伊利奇生命的问题，只有游走肾和盲肠之间的争论。而这一争论就在伊万·伊利奇眼前由医生以堂皇的方式倾向盲肠一方加以解决，有所保留地说，尿液的检验能够给出新的证据，到那时此案就要重审。这一切跟伊万·伊利奇本人以堂皇的姿态对被告做了一千次的事情一模一样。医生同样堂皇地做出自己的总结，扬扬得意，甚至是愉快地从眼镜上方看了一眼被告。从医生的总结中伊万·伊利奇引出一个结论：不好，而对他，对这个医生，而且恐怕对所有的人来说，完全无所谓，而他感到不好。这个结论令伊万·伊利奇痛苦地深感震惊，在他内心唤起对自己的巨大怜悯和对这位漠然看待如此重要问题的医生巨大的愤恨之情。

但他什么都没说，而是站起身，把钱放在桌子上，叹了口气，说道：

"我们，生病的人，大概经常向您提些不合时宜的问题，一般说来，这是不是危险的病……"

医生用透过镜片的一只眼睛严肃地看了看他，好像在说：被告人，如果您不待在向您提出的问题的界限之内，我将被迫做出指令，将您驱离审判大厅。

"我已对您说了，我认为必须而且适用的是什么，"医生说，"接下来的事，检查会说明的。"随后医生点了点头。

伊万·伊利奇慢慢走了出去，沮丧地坐上雪橇回家。一路上他不停地逐一回想着医生说过的一切，试图将所有令人困惑、晦涩的科学词汇翻译成简单的语言，在其中读出问题的答案：不好——是不是对我来说非常不好，或者还不算什么？而他觉得，所有医生说的话的意思，就是非常不好。街上的一切都让伊万·伊利奇感到忧伤：出租马车是忧伤的，房子是忧伤的，过路的人、店铺是忧伤的。这种痛楚，模模糊糊、纠缠不休，一秒钟都不肯停歇，与医生含糊的话联系在一起，好像有了另外的、更严肃的意义。伊万·伊利奇现在以一种新的沉重感倾听着它。

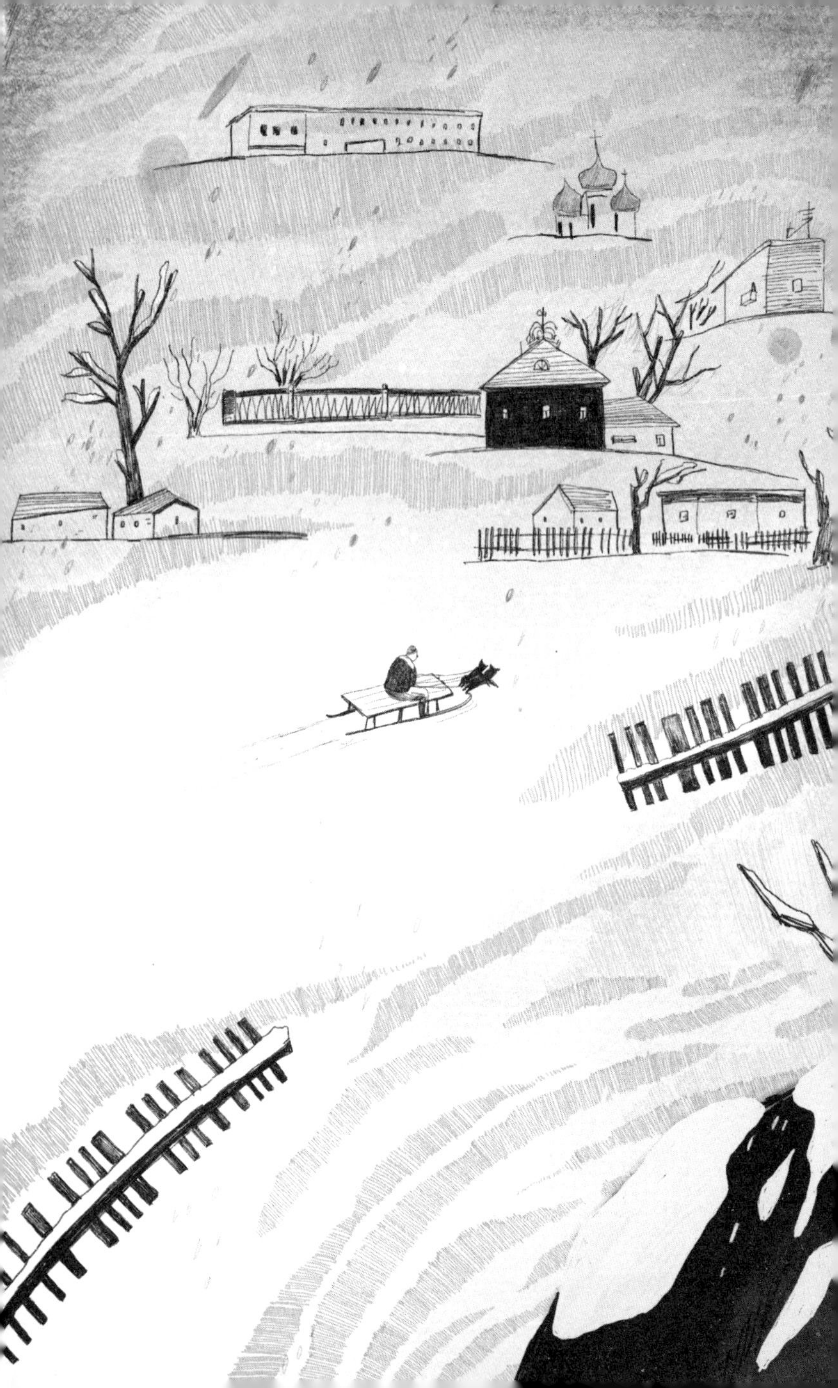

他回到家，开始向妻子讲述。妻子听着，但在他讲述到一半时女儿戴着帽子走了进来：她准备跟母亲一道外出。她勉强坐下来听这件无趣的事，但没有忍耐多久，于是母亲也没有听完。

"好吧，我很高兴，"妻子说，"现在你啊，瞧，你就好好服药吧。给我处方，我打发格拉西姆去药房。"说完她就去穿戴了。

妻子在房间里的时候，他都没能喘息，一直等妻子走了，才深吸了一口气。

"是啊，"他说，"也许，的确还不算什么。"

他开始服药，执行医嘱，而医嘱也按尿液检验的情况有所改变。但碰巧的是，在这次检验中和在随之而来的事情上出现了某种混乱。不可能去见医生本人，可到头来，出现了并非医生对他说的情况。或者他忘了，或者撒了谎，或者向他隐瞒了什么。

但伊万·伊利奇还是认真执行医嘱，并在这种执行中找到了初期的安慰。

从看医生时起，伊万·伊利奇的主要事务便是认真执行医生关于卫生和服药的指示，倾听自己的疼痛、倾听自身全部机能的运作。伊万·伊利奇的主要兴趣便是人的疾病和人的健康。当着他的面说起生病的人、死去的人、康复的人，特别是与他相似的疾病时，他竭力隐藏自己的激动，倾听、询问，适用在自己的疾病上。

疼痛没有减轻，但伊万·伊利奇做出努力，迫使自己去想他好些了。他能够欺骗自己，若暂时没有让他烦乱不安的事，可是一旦与妻子发生不快，公务上遇到挫折，文特牌打得太糟糕，他就立刻感觉到自己疾病的全部威力；过去，他经历过这类挫折，期待着，马上我就可以纠正劣势，我会克服，会等到成功，全赢。现在任何挫折都会让他萎靡不振，陷入绝望。他对自己说：我刚刚开始复原，药也已经开始有了作用，就有了这该死的不幸或者不快……于是他就愤恨不幸或者让他不快和斩杀他[1]的人，也感觉到，这种愤恨在如何杀死他，可他又无法拒斥它。看来，他应该清楚，他的这种对环境和人的愤恨情绪加剧了他的疾病，因此他不该注意不快

---

[1] "斩杀他"是指赢他的牌。

的偶然事件。但他做出了完全相反的论断：他说，他需要安静，监视着破坏这种安静的一切，任何最微小的破坏都会招致怒火。令他的状况恶化的是，他读了一些医学书籍，也咨询医生。恶化进展得那样均衡，以致他能够欺骗自己，一天与另一天对比——区别也不大，但当他咨询医生时，他便觉得，情况在变坏，甚至非常快。可尽管如此，他还是经常咨询医生。

这个月他又去见了另一位名医：另一位名医说得几乎与第一位一样，但以另一种方式提出了问题。咨询这位名医只不过加深了伊万·伊利奇的疑惑和恐惧。他一个朋友的朋友——一位很好的医生——对疾病做出完全不同的诊断，而且，尽管也承诺会康复，却以自己的问题和推测把伊万·伊利奇弄得更糊涂了，也加深了他的疑惑。顺势疗法医师——对疾病更是另有诊断，也开了药，伊万·伊利奇便背着所有人，服用了一个星期。但一星期之后没有感到症状减轻，也就对先前的和这次的治疗失去了信任，更加灰心丧气了。一位认识的太太有一次讲到靠圣像痊愈的事，伊万·伊利奇发现自己非常专注地倾听着，相信了事例的真实性。这一情况吓坏了他。"莫非我在心智上这么衰弱了?"他对自己说,"毫无价值!全都是胡说八道,不要陷入神经过敏,还是选一位大夫,严格依从他的治疗吧。我就要这样做。现在结束了,不要再想了,直到夏天我要严格执行治疗方案。到时候就清楚了。现在就让这种犹豫不决结束吧……"这话说起来容易,但不可能执行。肋部的疼痛一直在折磨人,好像一直在增强,变成持久性的,嘴里的味道变得越来越怪,他觉得,从他嘴里发出某种令人厌恶的气味,食欲和体力越来越弱。不应该欺骗自己:某种可怕的、新的、伊万·伊利奇一生中从未如此深具意味的事情,在他身上发生了。只有他一个人知道,所有周围的人都不明白或者不想明白,以为世界上一切照旧。正是这一点最让伊万·伊利奇感到痛苦。家里的人——主要是妻子和女儿,正火热地忙着外出——他,看出来了,她们什么都不懂,只是懊恼他那样不愉快而又苛求,好像这是他的错。尽管她们竭力掩饰这一点,但他看得出来,他碍她们的事,但妻子练就了对待他的病的某种态度,抱定不放,无论他说什么和做什么。这一态度是这样的:

"你们知道,"她对熟人说,"伊万·伊利奇像所有善良的人那样,无法严格执行所规定的治疗方法。今天他服用滴剂、吃饭,按嘱咐做,也按时躺下。可明天突然之间,要是我没看住,他就忘记服药,吃鲟鱼(可没嘱咐他这样),又坐下打文特牌到一点钟。"

"唉,什么时候的事啊?"伊万·伊利奇气恼地说,"也就去过彼得·伊万诺维奇那儿一次。"

"可昨天是跟舍别克。"

"反正我也疼得无法入睡……"

"这就怎么说都有原因了,只不过这样你就永远没法康复,还折磨我们。"

外表上的、表述给别人和他本人的普拉斯科维娅·费奥多罗夫娜对待丈夫疾病的态度,正是如此[1]。即这场病要怪的是伊万·伊利奇,整个这场病是他对妻子做下的新的不愉快。伊万·伊利奇感觉到,这是她不由自主流露出来的,但这也没让他好受些。

---

1 这句话是作者有意以颠倒的繁复句式以增加修辞的变化,这里依照原语序译出。

在法院，伊万·伊利奇察觉或者以为他察觉到，别人对自己的态度同样是奇怪的：时而他觉得，人们在观察他，就像对一个很快就会腾出位子的人那样；时而突然间他的朋友开始友善地嘲弄他的体弱多病，就好像，这可怕而又危险、从未听闻、发生在他身体里并不停噬咬他，又无法控制地将他拖拽去某处的东西，是最惬意的开玩笑的对象。特别是施瓦尔茨那种戏谑的天性、生命的活力和合规得体的派头，让伊万·伊利奇回想起十年前的自己，令他恼火。

来了一些朋友组牌局，坐了下来。分发、揉搓着新牌，红方块归红方块，一共七张。搭档说：没有王牌，出了两张红方块。还能怎么样呢？应该快活、高兴才是——这是全赢。可突然伊万·伊利奇感到噬咬他的那种疼痛，嘴里的那种味道，他便觉得，他在这种情况下竟然能为全赢而高兴，实在有些荒唐。

他看了一眼搭档米哈伊尔·米哈伊洛维奇，看他如何用一只多血质的手拍桌子，谦恭而又宽容地不去碰吃掉的牌，把它们推给伊万·伊利奇，让他获得收拢它们的快乐，不必麻烦把手伸得太远。"他在想什么呢，以为我虚弱得连手都伸不远了吗？"伊万·伊利奇想，便忘了王牌，又用王牌打了自己人，差三墩牌失掉了全赢，更可怕的是——他看出米哈伊尔·米哈伊洛维奇多么难过，可他却无所谓。他怎么会无所谓呢，想一想都觉得可怕。

所有的人都看得出他不舒服，就对他说："我们可以不打了，如果您累了的话。您休息一下吧。"休息？不，他一点儿也不累，他们便打完决胜局。所有的人都很郁闷，默然无语。伊万·伊利奇感觉到，是他把这种郁闷罩在他们头上，又无法驱散它。他们吃过晚饭，各自乘车离去，伊万·伊利奇一个人留下来，意识到他的生活受了毒害，又毒害了别人的生活，这份毒剂不会减弱，而是越来越多地渗入他的整个存在之中。

怀着这种意识，再加上身体上的疼痛，再加上恐惧，必得上床躺下睡觉，经常是夜里大部时间疼得睡不着。早上又得起床，穿衣服，乘车去法院，说话，写字。可要是不去，在家还是与同样的一昼夜二十四小时相伴，每个小时都是折磨。他如此生活在死亡边缘只能独自一人，没有任何一个人理解他、可怜他。

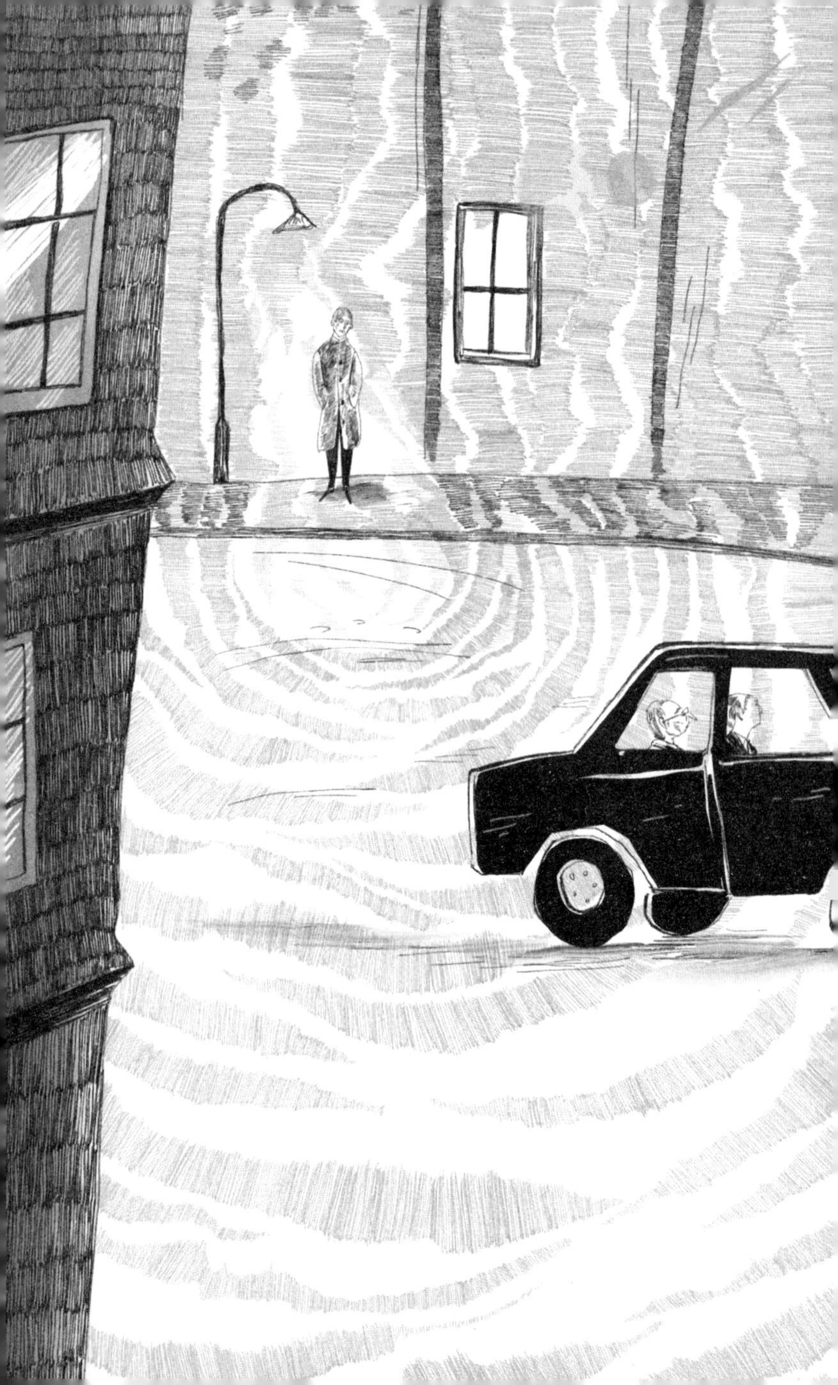

05

就这样过了一两个月。新年之前他的内兄来到他们的城市并住在他们家。伊万·伊利奇当时在法院，普拉斯科维娅·费奥多罗夫娜出去买东西了。走进自己的书房，他见到内兄，一个健壮的多血质的人，正在整理手提箱。内兄听见伊万·伊利奇的脚步声后抬起头来，默默地望了他一秒钟。这种目光向伊万·伊利奇揭示了一切。内兄张开嘴，要发出惊叹，却忍住了。这个动作证实了一切。

"怎么，我变样了？"

"是的……有变化。"

无论伊万·伊利奇怎样在内兄之后将话题引向他的

外表,内兄都默然无语。普拉斯科维娅·费奥多罗夫娜回来了,内兄去了她那里。伊万·伊利奇用钥匙锁了房门,开始照镜子——正面,然后是侧面。拿来自己与妻子的肖像,与镜中的所见做对比——变化是巨大的。然后他袒露出直到肘部的手臂,看了看,又放下袖子,坐在软垫座椅上,脸色变得比暗夜更黑。

"不可以,不可以。"他对自己说,跳了起来,走到桌边,打开案卷开始阅读,但无法读下去。他打开门,走到厅里。通向会客室的门关着。他踮起脚尖走到近前,开始倾听。

"不,你太夸张了。"普拉斯科维娅·费奥多罗夫娜说。

"我怎么夸张了?你是看不出来——他是死人了,看看他的眼睛,没有光。他得了什么病?"

"谁也不知道。尼柯拉耶夫(另一个医生)说了是什么什么,可我不知道。列谢季茨基(那位名医)说的正相反……"

伊万·伊利奇走开,去了自己房间,躺下开始想:"肾,游走肾。"他回想起医生们对他说的一切,说它是怎样脱落以及怎样游走。于是他竭力用想象捉住这个肾，让它停下，固定住：所需不多，他觉得。"不，我得再去彼得·伊万诺维奇那儿一趟。"（就是那个有位医生朋友的朋友。）他打铃吩咐套上马，准备出去。

"你去哪儿，Jean[1]？"妻子问，带着特别忧郁和令人不习惯的和善表情。

这种令人不习惯的善意让他愤怒，他阴沉地看了看她。

"我要去彼得·伊万诺维奇那儿。"

他去了有位医生朋友的朋友那里，与他一起去见医生。他见到了医生，与他交谈良久。

从解剖学和生理学上考虑按医生评估的、他体内发生情况的种种细节，他一切都明白了。

有个小结块，盲肠中的一个小小的结块。这一切都能好转。增强一个器官的机能，减弱另一个的活动，产生吸收作用，一切也就修正了。他有点儿耽搁了午饭。吃过午饭，愉快地说了说话，但很久

---

1 "伊万"的法语称呼。

都没能去自己的房间做事。最后他走进书房，立刻坐下来工作。他读了案卷，做工作，但那种意识，即他有一件推延下来的、重要的内心之事要在最后做完，一直萦绕不去。当他做完工作，他才记起这件内心之事是有关盲肠的种种想法。但他并未沉湎于此，他去了会客室喝茶。有客人在，在说话，弹钢琴，唱歌。有位预审法官，是女儿所期望的未婚夫。伊万·伊利奇度过的这一晚，普拉斯科维娅·费奥多罗夫娜注意到，他比其他人都愉快，但他一分钟也没有忘记他有些推延下来的、关乎盲肠的重要思绪。十一点钟他告退去了自己房间。他自从生病后就一个人睡，在书房旁边的一个小房间里。他走进去，脱去衣服，拿起一本左拉的小说，但他没有读，而是在想。于是在他的脑海里发生了所期望的盲肠的修正：吸收，排出，恢复了正规的活动。"对，一切都是如此，"他对自己说，"只是要协助本真而已。"他想起了药物，他欠起身子，服下它，仰面躺下，倾听着药物如何有益地发生效力，它如何消除疼痛。"只要有规律地服用并防止有害的影响。我现在已经觉得好些了，好多了。"他开始摸索肋部——摸着也不疼，"是的，我没感觉到，真的，已经好多了。"他熄灭蜡烛，侧身躺下……盲肠正在修正，吸收。突然间他感觉到那熟悉的、旧有的、模糊而又恼人的疼痛，顽固、沉稳，实实在在，嘴里又是那种熟悉的污秽。心往下沉，头脑发昏。"我的上帝，我的上帝！"他说道，"又来了，又来了，永远都不会停了。"突然间事情向他展现了完全不同的一面。"盲肠？肾？"他对自己说，"问题不在盲肠，不在肾脏，而是在生与……死。是的，有过生命，它正在离去，离去，可我无法留住它。是的。为何要欺骗自己？难道不是所有的人，除了我，都很清楚我要死了吗？问题只是还有几个星期，几天——或是现在，可能吧。曾有过光，但现在是黑暗。我曾在这里，但现在要去那边了！哪边？"他身上一阵发冷，呼吸停止了，他听到的只是心脏的撞击。

"我不在了，那还有什么在呢？什么都不在了。那么当我不在了，我又会在哪儿呢？难道是死亡？不，我不想死。"他跳了起来，想点燃蜡烛，双手颤抖着摸了摸，把蜡烛连同烛台碰落在地板上，便又往后一倒，躺在枕头上。"何必呢？反正都一样，"他对自己说，睁着双眼望着黑暗，"死亡，是的，死亡。可他们谁都不知道，也不想知道，也不怜悯。他们在玩乐。"（他听见远远的、由门外传来的阵阵人声和间奏曲。）"他们无所谓，但他们也一样会死。这些傻瓜。我在先，他们随后，也同样要轮到他们。可他们正高兴呢。畜生！"愤恨在窒杀他，他感到难以忍受的极度痛苦。不可能所有人都注定永远遭受这种可怕的恐惧。他坐了起来。

"有点儿不对劲，应该平静下来，应该把一切从头思索一番。"于是他开始思索，"是的，就说生病之初吧。肋部碰了一下，可我还是那样，今天、明天都一样；有点儿酸疼，然后厉害一些，然后去见医生，然后是消沉、苦闷，再次去见医生；而我越来越走近深渊，力气更少了。更近，更近了。就这样我形容枯槁，两眼无光。还有死亡，可我还想着肠子，想着修正肠子，可这死亡，难道是死亡？"恐惧再次降临，他喘息起来，俯下身子寻找火柴，胳膊肘压在小床头柜上。它又碍

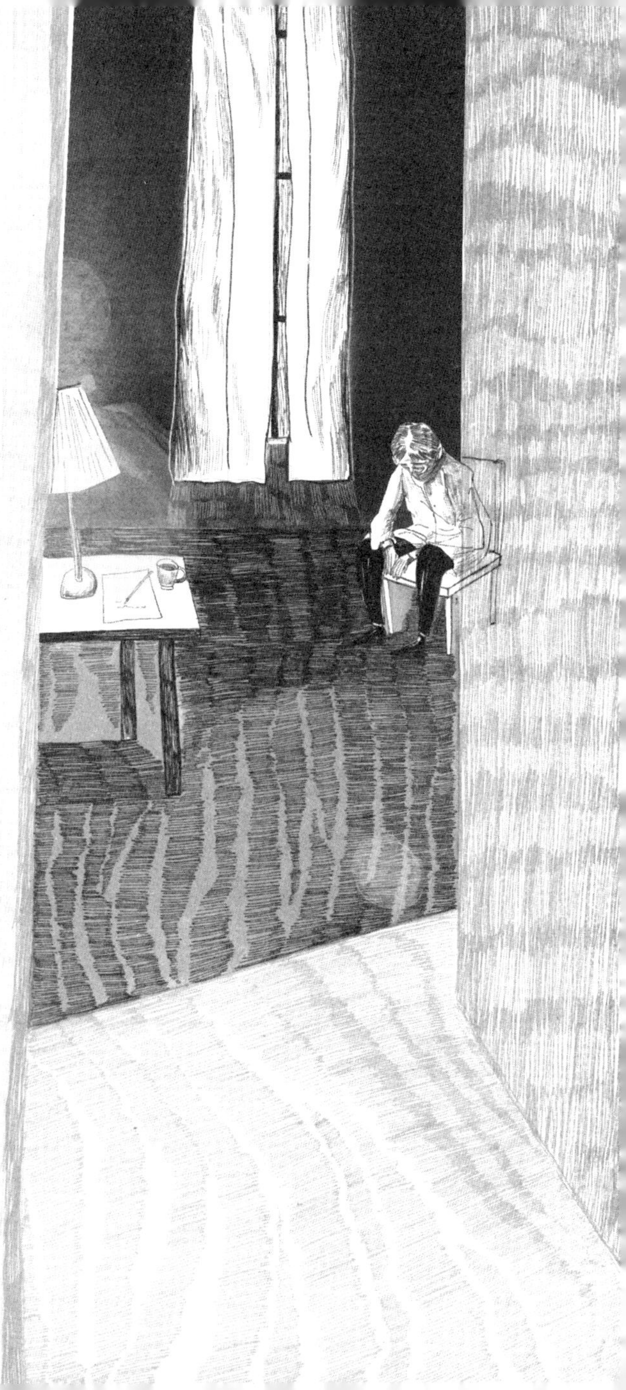

事又弄得他很疼，他发了狠，气恼地更加用力一按，弄翻了小柜子。绝望之中喘息着，他仰面倒下，等待即刻的死亡。

客人们此时都离开了。普拉斯科维娅·费奥多罗夫娜送走他们。她听见倒地的声音，走了进来。

"你怎么了？"

"没什么，不小心碰倒了。"

她走了出去，拿来一支蜡烛。他躺在那儿，沉重而快速地呼吸着，就像跑了一俄里[1]的人，两眼呆滞地望着她。

"你怎么了，Jean？"

"没什……么，碰……倒……了。"

"有什么可说的，她不会明白的。"他想。

她确实没明白。她扶起来，给他点上蜡烛便匆匆走开了。她还要送一位女客人。

当她回来时，他仍那样面朝天躺在那儿，向上望着。

1　1俄里为1.0668千米。

"你怎么样,还是更严重了?"

"是的。"

她摇了摇头,坐下来:"你知道,Jean,我想,是不是邀请列谢季茨基来家里。"

这意味着邀请名医而不吝惜金钱。他苦笑了一下说:"不。"她坐了一会儿,走过来吻了吻他的额头。

她吻他的时候,他以发自内心的力量痛恨她,强忍着没有推开她。

"再见。上帝保佑,睡吧。"

"好。"

06

伊万·伊利奇看得出他要死了,于是处于持续的绝望之中。

在内心深处,伊万·伊利奇知道他要死了,但他不仅不习惯这一点,而且简直不明白,无论如何都无法明白这一点。

他在基塞维特[1]的逻辑书上学到的那个三段论的例子是:凯伊是人,人是必死的,因此凯伊是必死的。在他整个一生中都觉得这仅仅对凯伊来说是正确的,

---

[1] 基塞维特,德国哲学家,康德哲学的追随者。其逻辑学手册曾被译成俄文并用作教科书。

怎么都不是对他。有凯伊这么个人，泛泛的人，这就完全是公正的。但他不是凯伊，不是泛泛的人，而他从来都完全、完全特殊于任何其他存在的人。他是万尼亚，有妈妈、爸爸，有米嘉和沃洛佳，有玩具、马车夫，有保姆，然后又有卡坚卡，有童年、少年、青年的全部快乐、苦恼、欣喜。难道万尼亚那样喜爱的条纹皮球的那种气味是为凯伊而有的？难道凯伊那样吻过母亲的手，母亲丝绸衣裙褶皱是为了凯伊那样沙沙作响？难道是他在法律专科学校因为小馅饼闹事？难道凯伊那样恋过爱？难道凯伊能那样主持庭审？

可凯伊确实必死，他也会正确地死去。但对于我，万尼亚，伊万·伊利奇，连同我所有的感觉，思想——对我而言这就是另一回事了。不可能我应当死，这样就过于可怕了。

这就是他的感觉。

"如果我会死，像凯伊那样，那么我会知道这一点的，内在的声音会对我说的，可我内心没有任何类似的事情。我也好，我的所有朋友也好——我们全都明白，事情完全不像凯伊那样。可现在这算什么！"他对自己说,"不可能。不可能,但就是这样。这是怎么回事?该怎么理解这个呢?"

他无法理解并竭力赶走这个想法,只当它是假造的,不正确的,病态的,用别的、正确的、健康的想法挤走它。但这个想法,不只是想法,还仿佛是现实,再次到来并停在他的面前。

他唤来其他的想法轮流替代这个想法的位置,希望在它们那里找到支持。他试图回到原先的思路上去,它们先前曾为他遮挡过死亡的想法。但是——真奇怪——先前曾遮蔽了、隐藏了、消灭了死亡意识的一切,现在已经无法产生这种作用了。近来,伊万·伊利奇大部分时间都用来试图恢复先前的、遮蔽死亡的感觉进程。他对自己说:"做公务吧,毕竟我靠它生活。"于是他就驱除任何疑虑,去法院;加入与同事们的谈话,坐下,按照旧有的习惯心不在焉地,用若有所思的目光扫视一眼那些人,瘦削手臂撑在橡木圈椅的扶手上,就像平常那样,向同事探着身子,推一推案卷,相互低语几句,然后,猛然间抬起眼睛,坐直身子,讲几句人人熟知的话便开始审案。可是突然在半途中那肋部的疼痛使他全然不去注意案子的进展阶段，便开始了自己吸血的罪案。伊万·伊利奇倾听着，驱除有关它的念头，但它继续自己那一套，它一来到就停在他的面前，看着他。他吓得僵住，眼中的火熄灭了，于是他又开始问自己："莫非只有它是真的？"同事和下属们惊讶而又痛心地看到，他，那样一位杰出、敏锐的法官，乱套了，弄出了差错。他抖了抖身子，竭力回过神来，设法将庭审进行到底。返回家中，忧戚地意识到，他的法官事务无法照旧向他隐藏他想隐藏的事情；他也不能用法官事务摆脱它，而最糟糕的——就是它[1]引起他的注意，并非要他做什么，而只是让他看它，直视它的眼睛，看着它，什么也不做，无以言表地承受折磨。

于是，为了逃脱这种状态，伊万·伊利奇寻找别的幌子以求安慰。别的幌子也出现了，短时间内好像救了他，但马上又变得与其说被毁坏了，不如说是透了光，好像它穿透了一切，任何东西都无法遮蔽它。

---

1 原文为斜体，文中以楷体突出表示，下同。

经常的情况是，这段时间他走进由他收拾好的会客室——就是他摔倒的那间会客室，为了它——想来都觉得刻毒而可笑，为了装饰它，他牺牲了生命，因为他知道，病就是从这次碰伤开始的——他走进去看见，亮漆的桌子上有一道伤痕，是被什么东西划出来的。他寻找原因：在相册的青铜装饰上找到了，它的边角伸直了。他拿起珍贵的、由他怀着爱意拼集起来的相册，为女儿和她的朋友们的粗疏而恼火——要么扯破了什么地方，要么照片放颠倒了。他仔细整理好，把装饰再弯回去。

接着他想到把这个放置相册的整个etablissement[1]挪到另一个角落，挨着花。他召唤仆人，或是女儿，或是妻子过来帮忙。她们没有同意，提出反驳，他争辩，发了脾气。但一切还好，因为他不再记挂着它，也看不见它了。

而妻子在他亲自搬动的时候说道："就让用人做吧，你又给自己找罪受了。"于是突然间，它一闪穿过

---

[1] 原文为法语，意为"设备"。

幌子,他看见了它。它一闪而过,他还希望它会隐藏起来,但他不由得去倾听肋部——那里一切还是那样,还是那样隐隐作痛,而他已经无法忘记,它从花丛后面明晃晃地望着他。一切是为什么呢?

"的确,在这儿,在这个窗帷上,我,就像在突击之中,失去了生命。真的吗?多么可怕又多么愚蠢!这不可能!不可能,但就是这样。"

他去了书房,躺下,再次一个人跟它待在一起,与它四目相对,但拿它毫无办法。只是看着它,周身发冷。

07

伊万·伊利奇生病的第三个月怎样发生了的这一情况,是无法言说的,因为这一情况是一步一步发生的,不引人注意,但发生的情况,他的妻子、女儿、儿子、仆从、医生和其他相识的人,以及最主要的,他自己,都知道,他身上的兴趣对别人来说只在于,说到底,他会不会很快腾出地方,把活着的人从他的存在所产生的拘束中解脱出来,本人也从自身的痛苦中解脱。

他睡得越来越少,还用上了鸦片并开始注射吗啡,但这并没有减轻他的痛苦。他在半催眠状态中体会到的隐隐的苦楚,一开始只是像某种新的东西那样,减轻了他的痛苦，但后来它变得跟直接的疼痛一样或者更难以忍受了。

人们按照医生的嘱咐为他准备了特殊的饭食，但这些饭食对他来说变得越来越寡淡无味，越来越令他厌恶。

为他排便也做了特别的装置，而每次都是一种折磨。这种折磨来自不清洁、不体面和气味，来自意识到这件事需要他人的参与。

但正是这件最令人不快的事情，带来了伊万·伊利奇的慰藉。配冷餐的乡下人格拉西姆总是在他结束之后才过来端出去。

格拉西姆是个整洁、清新、因城里饭食而发胖的年轻乡下人，他总是愉快而又明朗。一开始，看见这个总是干干净净、俄式穿戴的人干这件令人反感的事，伊万·伊利奇很难为情。

有一次，他从便桶上起身时无力提起衬裤，歪倒在软扶手椅上，惊恐地看着自己裸露的、筋肉显明而无力的大腿。

走进来穿着厚靴子、向四周散发出靴子上好闻的柏油味和冬日清爽气息、迈着轻快有力步伐的格拉西姆，身上是干净的麻布围裙和干净的印花布衬衣，赤裸的手臂上的袖管翻卷着，也不去看伊万·伊利奇——显然，为了不得罪病人，克制着闪耀在他脸上的生命的快乐——走到便桶跟前。

"格拉西姆。"伊万·伊利奇虚弱地说。

格拉西姆哆嗦了一下，显然吓了一跳，不知自己疏忽了什么，以很快的动作向病人转过自己清新、善良、单纯而年轻的脸，脸上刚开始长出胡须。

"您有什么吩咐？"

"你呀，我想，会觉得这事不舒服。你原谅我吧，我也没办法。"

"不敢当啊，老爷。"格拉西姆两眼闪光，露出自己年轻洁白的牙齿，"怎么能不忙活呢，您这是病了嘛。"

于是他用那双灵巧有力的手做完自己习惯的事，步子轻快地走了出去。过了五分钟，又同样步子轻快地回来了。

伊万·伊利奇仍然坐在扶手椅里。

"格拉西姆，"他说，此时那边已经摆好了洗刷干净的便器,"请你帮帮我,到这边来。"格拉西姆走到近前。"把我抬起来。我一个人太费劲,可德密特里让我打发走了。"

格拉西姆走到近前,用有力的双臂,就像轻快的步子那样,抱住他,灵巧而轻柔地抬了起来,托着,另一只手拉起衬裤,想放他坐下。但伊万·伊利奇请他把他放到沙发上。格拉西姆不必使劲,好像也不挤不压,几乎是抱着,带他到了沙发那里,放他坐下。

"谢谢。这么舒服,这么好……你就全做完了。"

格拉西姆又笑了笑,想要离开。但伊万·伊利奇跟他在一起觉得那样好,以致不想放他走。

"还有件事,请把这把椅子推给我。不,就是这把,放在脚下面。把脚抬高,我就会舒服一些。"

格拉西姆拿来椅子,没碰出任何声响,一下子就在地板上放平了,把伊万·伊利奇的脚放在椅子上。伊万·伊利奇觉得,在格拉西姆高高抬起他双脚的那一刻,他就觉得轻松些了。

"我的脚高一些,我就好受点儿,"伊万·伊利奇说,"把那个枕头给我垫上。"

格拉西姆照做了。又把脚抬了一下,放好。格拉西姆抬起他的脚时,伊万·伊利奇又觉得好受一些。等他一放下,他就觉得不舒服了。

"格拉西姆,"他说,"你现在忙吗?"

"一点儿都不忙,老爷。"格拉西姆说,他跟城里的用人学会了怎么跟主人说话。

"你还要去做什么?"

"我还有什么要做啊?什么都忙活完了,只剩下劈明天用的劈柴了。"

"就这样高点儿抬着我的脚,行吗?"

"那又有什么呢,行。"格拉西姆把脚抬高些,让伊万·伊利奇立刻觉得这种姿势他全然感觉不到疼了。

"那劈柴怎么办?"

"老爷不用担心,我们来得及。"

伊万·伊利奇吩咐格拉西姆坐下,抬着他的脚,跟他说话。于是——真是奇怪——他觉得,只要格拉西姆抬着他的脚,他就好受些。

从那时起,伊万·伊利奇开始时常叫来格拉西姆,让他把脚抬到自己的肩膀上,也喜欢跟他说话。格拉西姆这件事做得轻松、心甘情愿、简单而又怀着打动伊万·伊利奇的善心。其他所有人的健康、活力和饱满的生机都会冒犯伊万·伊利奇，唯独格拉西姆强健的生命活力不会让伊万·伊利奇难过，而是让他安心。

伊万·伊利奇最主要的痛苦就是谎言——所有的人出于某种原因所认可的那种谎言，即他只是病了，但不会死，他只需要平平静静，做治疗，那时就会出现某种很好的结果。可他知道，无论做什么，都不会有任何结果，只有更加难受的痛苦和死亡。这种谎言折磨着他，折磨他的是，人们不想承认所有人都知道、他也知道的事，反而想在他可怕状况的情形下对他说谎，还想迫使他自己也加入这种谎言。谎言，这个在他死亡前夕对他做下的谎言，这个会将他死亡这一可怕而庄重的事件降低到他们所有的拜访、窗帘、午餐鲟鱼……之类同等水平上的谎言，对伊万·伊利奇来说极其难以忍受。而奇怪的是——他有很多次，当他们对他搬弄这一套时，差点儿就大声跟他们喊：别再扯谎了，你们知道我也知道，我要死了，就至少别扯谎了。但他从来没有勇气这样做。可怕的，极其令人惊恐的他的死亡，他看到，被所有他周围的人贬低到偶然的不快、多少有点儿不体面的层次上（就好像对待一个散发着可恶气息走进会客室的人），遵循的正是他一生效力的"体面"；他看到，谁都不可怜他，因为谁都甚至不想理解他的处境。只有格拉西姆一个人理解这种处境并可怜他。因此，伊万·伊利奇只有跟格拉西姆在一起才觉得好。他觉得好，是当格拉西姆有时整夜不间断地擎着他的脚，不想去睡觉，还说："您不要担心，伊万·伊利奇，我会睡足觉的。"或者当他突然改称"你"，补充道："要是你没生病也罢了，否则为什么不伺候呢？"只有格拉西姆一个人不说谎，各方情况表明，只有他一个人理解这是怎么回事，也不认为需要隐瞒这一点，他面对的不过是一位可怜消瘦、衰弱的老爷。他甚至有一次在被打发走的时候直接说：

"我们都要死的，怎么能不忙活呢？"他说，用这句话表示他不为自己的劳作感到拖累，而且是为一个快要死的人承担它，希望他的时限一到，也会有人为他承担这份劳作。

除了这个谎言，或者说由于它，令伊万·伊利奇最受折磨的是，没有人像他想被人可怜的那样可怜他：伊万·伊利奇在某些时候，经过长期的苦痛，最想要的，无论他多么羞愧都不得不承认这一点——想要有人可怜他，就像生病的小孩那样。他想要有人爱抚他，亲吻他，为他而哭泣，就像人们爱抚和安慰孩子一样。他知道，自己是位重要的委员，他的胡子已经灰白，所以这是不可能的。但他仍然想要这样。在与格拉西姆的关系中也有某种近似的东西，因此与格拉西姆的关系令他安慰。伊万·伊利奇想哭，想要被爱抚和为他哭泣，而这时来了一位同事，委员舍别克，没有哭泣和爱抚，相反，伊万·伊利奇摆出一副认真、严肃、沉思的脸孔，惯性般地就上诉决定的意义说出自己的见解，并固执地予以坚持。这个围绕着他、也在他自己内心里的谎言最为严重地毒害了伊万·伊利奇生命的最后时光。

08

到早晨了。因为只有到了早晨,格拉西姆才离开,仆人彼得来了,熄灭蜡烛,拉开一面窗帘开始静静地打扫起来。早晨也好,晚上也好,是星期五,还是星期日——反正一切都相同,一切都一模一样:恼人的、一刻都不止息的、难以忍受的疼痛;无望地意识到一直在离去,但尚未离开的生命;一直在接近的那令人极度憎恨的死亡,而只有它才是现实,以及一直是同样的谎言。是哪一天,哪个星期,哪个钟点,又能怎样呢?

"您要喝茶吗?"

"他需要的是条理,早上老爷们就得喝茶。"他想道，却只是说了一声：

"不。"

"您要不要挪到沙发上？"

"他需要收拾上房，我碍事，我——是不干净，是无条理。"他心想，却只是说：

"不，别管我了。"

仆人又忙活了一阵。伊万·伊利奇伸了伸手，彼得顺从地走了过来。

"您有什么吩咐？"

"表。"

彼得拿来放在手边的表，递给他。

"八点半。那边还没起床吗？"

"没有呢，老爷。瓦西里·伊万诺维奇（这是他儿子）去学校了，普拉斯科维娅·费奥多罗夫娜吩咐说，如果您有需要，就叫醒她。您要叫她吗？"

"不，不用。"他想，"要不要试着喝点儿茶呢？"便说："好吧，把茶……拿来吧。"

彼得朝门口走去。伊万·伊利奇为一个人留下感到害怕。"什么事能留住他呢？对，服药。"便说："彼得，把药递给我。"又想："为什么不服用呢，或许，药还是会有效果的。"他取了一勺，喝下去。"不，没效果的。这一切都是胡扯，是欺骗。"一感觉到那熟悉的甜美而无望的味道，他就断定。"不，我无法相信。可是疼痛呢，疼痛又是为什么，哪怕消停一分钟也好。"于是他呻吟起来。彼得回来了。"不，去吧，拿茶来吧。"

彼得走了。伊万·伊利奇一个人留下，呻吟起来，与其说是因为疼痛，尽管它也很可怕，倒不如说是因为烦闷。"一切都是一个样子，这一切都是无尽的白天和黑夜。哪怕快一点儿呢。什么快点儿？死亡，混沌。不，不，一切总比死亡好！"

彼得用托盘端着茶进来的时候，伊万·伊利奇茫然若失地看了他很久，不明白他是谁，他要干什么。彼得让这种目光弄得很窘。而彼得发窘的时候，伊万·伊利奇便缓过神来。

"对，"他说，"茶……好，放下吧。不过要帮我洗漱，换一件干净的衬衣。"

于是伊万·伊利奇开始洗漱。他歇息着洗过手、脸，清洁牙齿，开始梳理头发并照了照镜子。他感到恐惧，特别恐惧的是，头发是那样平塌塌地贴在苍白的前额上。

为他换衬衣的时候，他知道，如果看一眼自己的身体，他会觉得更可怕，便没去看自己。就这样一切都做完了。他穿上长袍，裹进毯子，坐上扶手椅喝茶。片刻间他觉得自己焕然一新了，但刚一开始喝茶，就又是那股味道，那种疼痛。他勉强喝完躺下，伸直双腿。他躺下后就让彼得走了。

一切依旧。时而点滴的希望闪出光亮，时而绝望的海洋汹涌翻腾，却总是疼痛，总是疼痛，总是苦闷，总是同样的一套。一个人待着的苦闷实在可怖，总想叫个什么人来，但他预先知道，有别人在更糟糕。"哪怕再用吗啡呢——昏睡过去也好。我告诉他，告诉医生，让他再想点儿别的办法。这可不行，不能这样。"

一个、两个钟头就这样过去了。这时前厅响起了铃声，可能是医生。确实，是医生，清新、精神、肥胖而又愉快，那副表情的意思是："瞧您担惊受怕的样子，我这就为您把一切安排好。"医生知道，这种表情在这儿不合时宜，但他一戴上它就脱不掉了，就像一个早晨穿上燕尾服出门拜访的人。医生快活地、令人宽慰地搓着两只手。

"我真冷，真是严寒啊。让我暖和暖和。"他说话时的那种表情，就好像只是要稍稍等他暖和一下，等他暖和过来，一切就改善了。

"哦，怎么样？"

伊万·伊利奇觉得，医生想说："怎么样啊，小事小情的？"但他觉得不该这么说，便说："您夜里过得怎么样？"

伊万·伊利奇看着医生，表情里带着问题："难道你说谎就从来不害臊？"

但医生不想理解问题。

于是伊万·伊利奇说：

"还是那么厉害，疼个不停，不肯消退。哪怕使点儿办法呢！"

"唉，你们这些病人哪，总是那样。哦，现在，看来我暖和过来了，甚至连最认真的普拉斯科维娅·费奥多罗夫娜对我的体温也不会有什么异议。嗯，您好啊。"于是医生握了握他的手。

接着，把先前的玩笑抛在一边，医生开始一脸严肃地检查病人，查了脉搏、体温，开始又是叩又是听。

伊万·伊利奇确然无疑地知道，这一切都是胡扯和空洞的欺骗，但当医生跪着，对着他拉长身子，时高时低地贴近耳朵，一脸严肃地对着他做出各种体操变形时，伊万·伊利奇就此屈服了，就像他常常屈服于律师的发言那样，那时他就非常清楚他们一直在说谎和为什么说谎。

那医生，跪在沙发上，还在叩击着什么，这时门边传来普拉斯科维娅·费奥多洛夫娜丝绸衣裙的窸窣声，能听见她在责备彼得没向她通报医生到了。

她走进来，亲吻丈夫，便立刻开始声明她早就起床了，只是出于误会，医生来的时候她才没在这儿。

伊万·伊利奇看着她，全身上下打量着她，为她的双手以及脖子的白皙、丰腴和洁净，她头发的亮泽和她生机饱满的双眼的辉光而怪罪她，他以全身心的力量仇恨她。她的触碰使得他因仇恨她的浪潮而倍感痛苦。

她对他和他的病的态度仍是那样，正如医生为自己养成了对病人的态度，无法脱掉那样，她也养成了对他的一种态度——他不去做这样、那样需要做的事，是他自己的错,而她溺爱地责备他这一点——她也无法脱掉对他的这种态度。

"他就是这样,不听话!不按时服药。最主要的——还用那种姿势躺着,双脚往上,想必对他是有害的。"

她说起他如何使唤格拉西姆抬着他的脚。

医生轻蔑而又亲切地微微一笑,意思是:"有什么办法呢,这些病人有时的确会臆想出这类蠢事,不过可以原谅。"

当检查结束时,医生看了看表,这时普拉斯科维娅·费奥多洛夫娜对伊万·伊利奇宣称,随他想怎么样,但她今天请了名医,他会与米哈伊尔·达尼洛维奇(这是那位普通医生的名字)一道检查、讨论。

"请你不要反对。我是为自己才这样做的。"她讥讽地说,让人觉得,她做的一切都是为了他,只有这样才能不给他拒绝她的权利。他沉默着,皱起眉头。他觉得,围绕着他的这种谎言变得那样混乱,简直难以分辨出什么来了。

她在他身上所做的一切只是为了自己,也对他说,她正是为了自己才做的,就像做的是那种不可思议的事情一样，以致他只得反过来理解。

果然，十一点半名医来了。再次做了听诊并当着他的面以及在另一个房间展开了有关肾脏、盲肠的颇具意味的谈话，问题和回答都带着那样颇具意味的表情，以致撇下真正的生死问题，即已是他现在面对的唯一问题，发起了肾脏和盲肠的问题，它们的运作出了某种差错，就此，米哈伊尔·达尼洛维奇和名医将立刻展开攻击并迫使它们做出纠正。

名医带着严肃但并非毫无希望的表情告辞了。对伊万·伊利奇抬起闪烁着恐惧和希望的眼睛向他提出的那个胆怯的问题，即有没有可能康复，回答说无法保证，但可能性是有的。伊万·伊利奇告别医生的那种抱有希望的目光是那样可怜，以致看在眼里，普拉斯科维娅·费奥多罗夫娜甚至哭了起来，走出书房，付给医生诊费。

医生给予的希望产生的精神提振持续了不长时间。还是那个房间，那些画，那些窗帘、墙纸、烧瓶，自己那疼痛、受苦的身体。伊万·伊利奇开始呻吟。医生为他做了注射，他昏睡过去。

当他清醒时，天已经黑了。仆人为他送来餐食，他费力地吃了肉汤。又是同样的事情，又是即将降临的夜晚。

饭后，七点钟，普拉斯科维娅·费奥多罗夫娜走进他的房间，穿得像是要赴晚会，一对肥厚、束紧的乳房，脸上有敷粉的痕迹。她早上就向他提到要去剧院。莎拉·伯恩哈特[1]来了，他们有个包厢，是他坚持要他们拿下的。现在他忘了这件事，她的装扮也冒犯了他。但当他想起，是他自己坚持要他们取得包厢并前往时，他隐藏了自己所受的冒犯，因为这对孩子们是一次有教益的审美享受。

普拉斯科维娅·费奥多罗夫娜十分自得地进来，但好像愧疚似的。她坐下，问他的健康情况，如他所见，只是为了提问，而不是为了了解，也知道没什么可了解的，开始说出她需要说的话：她本来无论如何都不会去，可是包厢已经拿到了，爱伦、女儿和彼得利谢夫（那位预审法官，女儿的未婚夫）都会去，不可能

---

[1] 莎拉·伯恩哈特，当时著名的法国演员，十九世纪八十年代曾几次赴俄罗斯演出。

让他们单独出去。而且陪他这样坐着让她觉得更惬意。但愿她不在时他会按医生的嘱咐做。

"对了,费奥多尔·彼得罗维奇(未婚夫的名字)想进来。可以吗?还有丽莎。"

"让他们进来。"

女儿进来了,衣着华丽,袒露着年轻的身体。正是身体使他受尽折磨,而她则将它展示出来。她强而有力,健康,显然处于恋爱之中,对干扰她幸福的疾病、痛苦和死亡感到愤慨。

一身燕尾服的费奥多尔·彼得罗维奇也走进来,卷着 a la Capoul[1],有着颀长而又筋腱累累的脖子,衬着紧身的白色衣领,巨大的白色前胸和裹在黑色紧身裤里的结实的大腿,一只手戴着绷紧的白手套,拿着大礼帽。

他身后悄悄溜进一个穿着崭新小制服的中学生,可怜的小家伙,戴着手套,两只眼睛下方是可怕的青黑色,伊万·伊利奇知道这意味着什么。

---

[1] 原文为法语,意为"卡普尔式";约瑟夫·卡普尔是法国歌剧歌手,以鬈发垂在额头上的发型而闻名。

儿子总是让他怜惜,而他那惊恐和同情的眼神很吓人。除了格拉西姆,在伊万·伊利奇看来,好像只有瓦夏[1]理解和同情他。

所有人都坐下,再次询问健康状况。沉默降临了。丽莎问母亲双筒望远镜的事,母女之间发生了争执,是谁把它放哪儿了。结果很不愉快。

费奥多尔·彼得罗维奇问伊万·伊利奇,他看过莎拉·伯恩哈特没有。伊万·伊利奇一开始没明白向他询问什么,然后才说:

"没有。您看过吗?"

"是的,是在'Adrienne Lecouvreur[2]'里。"普拉斯科维娅·费奥多罗夫娜说,她演的某个角色特别漂亮。女儿反对。开始了一场有关她表演的优美与真实的谈话——这种谈话总是同一而反复的。

在谈话的半途,费奥多尔·彼得罗维奇看了看伊

---

[1] 儿子的小名。
[2] 原文为法语,意为"艾德丽安·勒库弗勒"。关于十八世纪法国女演员艾德丽安·勒库弗勒的悲剧,由法国剧作家尤金·斯克里布与厄内斯特·勒古维创作。

万·伊利奇，不作声了。其他人也看了看，也不作声了。伊万·伊利奇一双闪光的眼睛望着前方，显然对他们很气愤。应该纠正这一点，但无论如何都无法纠正。应该以某种办法打破这种沉默。谁都决定不下来，因而所有的人都开始害怕，害怕体面的谎言被破坏，所有的人就清楚是怎么回事了。丽莎第一个做出决定，她打破了沉默。她想隐瞒所有人在经受的东西，但她脱口泄露了。

"不过，如果去的话，就该走了。"她说，看了看自己的表，那是父亲给的礼物，又稍可察觉地朝那位年轻人笑了笑，其中的意味只有他们两个人知道，然后站起身来，衣裙一阵窸窣。所有的人都站起来，告辞离开了。

当他们走出门去，伊万·伊利奇觉得他好受了一些：谎言没有了——它跟他们一起走了，但疼痛留了下来。还是同样的疼痛，还是同样的恐惧，使得什么都不沉重，什么都不轻松。一切变得更糟糕。

又是一分钟接着一分钟、一小时接着一小时，一切都是老样子，一切都没有终结，不可避免的终结越来越可怕。

"是啊，叫格拉西姆来吧。"他回答彼得的问话时说。

09

深夜妻子回来了。她踮着脚走了进来,但他听见了,他睁开眼睛,又急忙合上。她想打发走格拉西姆,自己坐在这儿陪他。他睁开眼睛说:

"不必,你走吧。"

"你很难受吗?"

"反正都一样。"

"服些鸦片吧。"

他同意并喝了下去。她走了。

三点之前他处于折磨人的昏睡中。他仿佛觉得他连同疼痛被人塞进某处又窄又黑的口袋,塞得很深,一直往里塞,塞也塞不完。这件让他恐怖的事情完成得痛苦

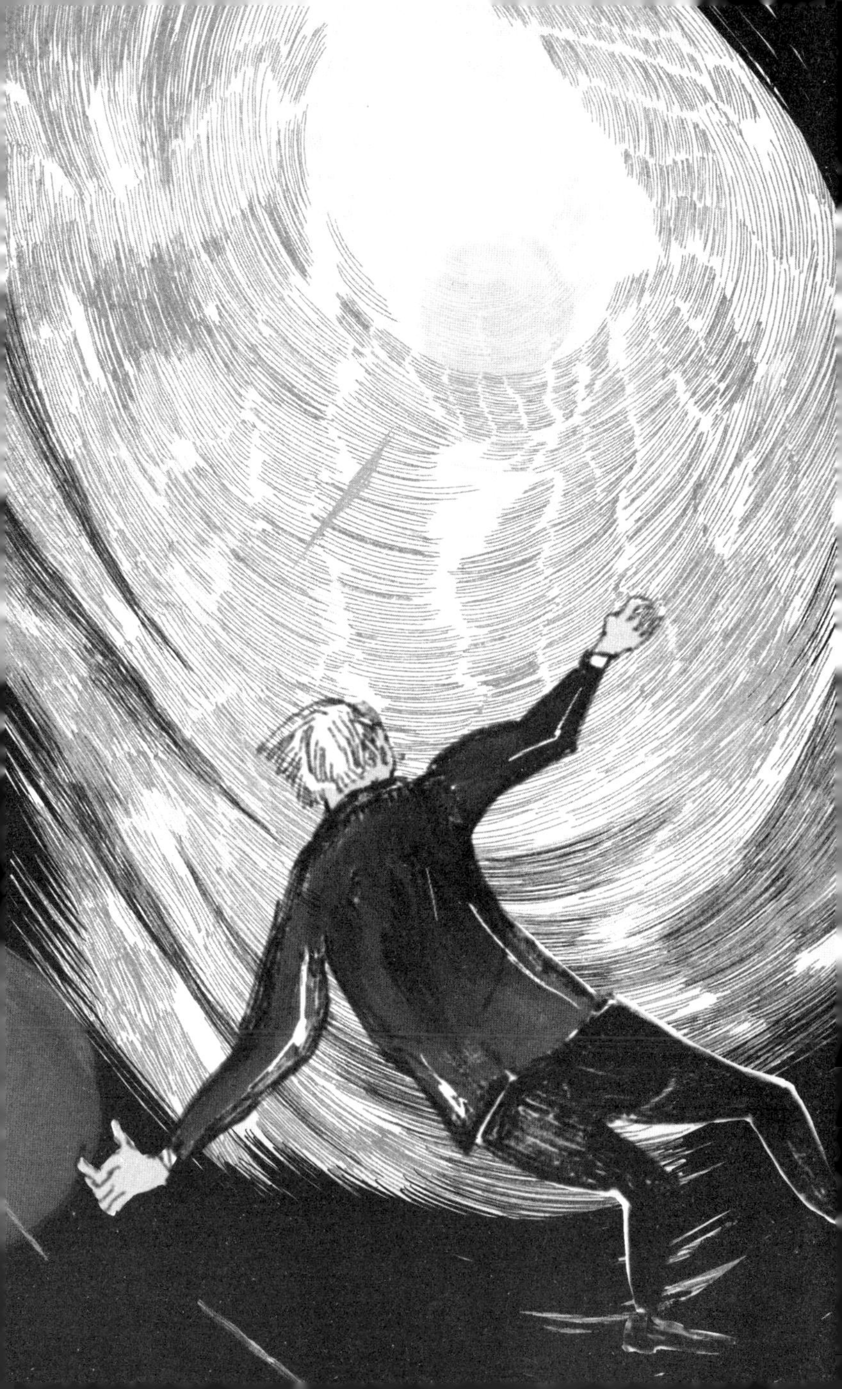

不堪。他又害怕，又想沉陷下去，又是挣扎，又是妥协。接着突然间他失足跌倒了，便醒了过来。还是那个格拉西姆坐在床尾，安静而耐心地打着盹。而他躺着，向格拉西姆肩膀上抬着穿长筒袜的瘦削的双脚，还是那支带罩子的蜡烛，还是那连续不断的疼痛。

"去吧，格拉西姆。"他低声说。

"没事的，我再坐一会儿，老爷。"

"不，去吧。"

他放下双脚，侧身枕着手臂躺卧，于是他觉得自己很可怜。他只等着格拉西姆去了隔壁房间，便再也忍不住哭了起来，就像小孩子那样。他哭的是自己的无助，自己可怕的孤独，人们的残忍，上帝的残忍，上帝的缺位。"为什么你做下这一切？为什么带我到这里来？何必，何必要如此折磨我……"他不期待回答，他哭就是因为没有、也不可能有回答。疼痛又起，但他没有动，也没有叫人。他对自己说："又来了，疼吧！但是为什么呢？我对你做了什么，为什么呢？"

然后他平静了，不仅不再哭，也不再呼吸，变得全神贯注，仿佛他在听的不是说出的话音，而是心灵的声音，是他内心升起的思想过程。

"你想要什么？"这是他听见的第一个清晰的、可以用语言表达的概念。"你想要什么？你想要什么呢？"他对自己重复道。"什么？""不受痛苦，活着。"他回答。

于是他又全身心地沉浸在那般紧张的关注中，以致连疼痛都没让他分心。

"活着？如何活着？"心灵的声音问道。

"对，活着，就像我先前那样活着：又好，又愉快。"

"像你先前那样活着，又好又愉快？"那个声音问。于是他开始在想象中逐一回忆自己愉快生活中最美好的时刻。但是——真奇怪——所有那些愉快生活中最美好的时刻现在看来与当时完全不同。所有均如此——除了童年的最初记忆。在那儿，在童年，有某种确实愉快的东西，是可以与之相伴生活的，如果它回来的话。但是经历过这份愉快的人已经不在了，这就像是有关别的什么人的回忆。

一旦开始了，其结果是现在的他——伊万·伊利奇的那件事，那时看来快乐的一切现在都在他眼中消融，变成某种微不足道、常常令人厌恶的东西。

而离童年越远，离现在越近，快乐就越渺小、越可疑。这是从法律专科学校开始的。那里还有一些真正美好的东西：那里有快乐，有友谊，有种种希望。但到了高年级已经少有这种美好的时刻了。接着，在省长身边供职的最初时期，又出现了美好的时刻：这是对女人的爱的回忆。接着这一切都移位了，美好的东西更少了。接下来美好的东西又少了一些，而且越到后来就越少。

婚姻……是那样不经意，有失望，有妻子嘴里的气息，有肉欲，装腔作势！还有那死一般的公务，种种对金钱的担忧，就这样过了一年、两年、十年、二十年……一切都是一样。越到后来，越是死气沉沉。如同我在平稳地走下坡路，想象着自己在往上走。当时就是如此。在公众眼里我是在上坡，而正是以同样的程度从我脚下流走了生命……如今完结了，死吧！

可这是怎么回事呢？为什么？不可能。生活不可能这般毫无意义、这般可恶吧？可如果它正是这般可恶和毫无意义，那又为什么要死，而且是受苦而死呢？有什么东西不对头。

"也许，我没有像应该的那样生活？"他脑子里突然出现这个念头。"但是，我照规矩做了一切，怎么会不对头呢？"他对自己说，并立即从自己这里赶走整个生死之谜的唯一解决方案，认为这是某种完全不可能的事情。

"现在你想要什么呢？活着？怎么活？像你在法庭上，当法警宣布'开庭……'时那样活着吗，开庭了，庭审了，"他对自己重复道，"瞧，这就是法庭！可我又没有过错！"他愤恨地喊叫起来："为什么啊？"于是他不再哭了，把脸转向墙壁，开始想那件一直在想的事情：为什么，这所有可怕的事情是为什么？

但无论他怎么想，他都没有找到回答。而当他脑子里出现了常常出现的那个念头，即这一切都是因为他活得不对头，他便立刻想起了自己生活的全部正确性，于是就赶走了这个奇怪的念头。

10

又过了两个星期。伊万·伊利奇已经不再从沙发上起来了。他不想躺在床上,便躺在沙发上。而且,几乎一直面朝墙躺着,独自承受着同样未能解决的痛苦,独自思考同样未能解决的念头。这是什么?难道真的是死亡?内心的声音回答:是的,是真的。这种种折磨又有何理由?那个声音回答:就是这样,没有理由。接下来除此之外就什么都没有了。

从他生病的最初开始,从伊万·伊利奇第一次去看医生的时候开始,他的生活就被分成了两种相反的情绪,相互替代,时而是绝望与对无法理解的可怕死亡的期待,时而是希望和对自己身体活动的兴致饱满的观察。时而眼前只有一时偏离了履行自身职责的肾或肠，时而只有无法理解的可怕死亡，那是什么办法也摆脱不了的。

这两种情绪从疾病一开始就互相替代，但病情越是发展，对肾脏的考虑就越可疑和荒谬，对死亡将至的意识也就越真实。

只要他回想起三个月前自己什么样，现在自己什么样，回想他是多么平稳地走下坡路——任何希望的可能性都会被摧毁。

在那种孤独的最近时日，即他面对沙发靠背躺着时所处在的、在人多的城市和他众多相识和家人中的那种孤独——任何地方都没有更为完整的孤独，无论是海底，还是陆地——在这可怕的孤独的最近时日，伊万·伊利奇只靠对过去的想象活着。他过去的图景一幅接着一幅呈现在他眼前。总是时间上从最近开始，转归最遥远的过去，直到童年，然后在那里停下来。要是伊万·伊利奇回想起今天端给他的黑李子果酱，他就回想起童年时那生的、干瘪的法国黑李子，想起它那特殊的味道和快吃到果核时丰富的唾液，而与这种味道的记忆并行出现了那个时期整个系列的记忆：保姆，兄弟，玩具。"别想这个了……太痛苦了。"伊万·伊利奇对自己说，又转到了现在。沙发背的纽扣和山羊鞣皮的皱纹。"山羊鞣皮昂贵，不结实，因为这还吵过架。但还有过另一张山羊鞣皮，也有过另一次吵架，当时我们扯坏了父亲的公文包，我们挨了罚，但妈妈拿来了馅饼。"于是再次停在了童年，伊万·伊利奇再次感到痛苦，于是他竭力驱赶，去想别的事情。

接着就又是那样，与这段回忆的进程一道，在他的心灵中开始了另一段回忆的进程——是有关他的病如何加剧和发展的。同样地，越往回溯，就越富有生命。生命中的善就更多，生命本身也更多。两者交汇在一起。"就像折磨变得越来越坏那样，整个生命也变得越来越坏。"他想。一个明亮的光点在那儿，在后面，在生命的开端，然后就变得越来越黑，越来越快。"与死亡距离的平方成反比。"伊万·伊利奇想。于是一块石头不断增速飞落的形象便深深沉入他的灵魂之中。生命，一连串不断增加的痛苦，越来越快地飞向终结，那最可怕的痛苦。"我在飞……"他哆嗦了一下，身子动了动，想要反抗，但他已知道，反抗是不可能的，于是再次用看累了的、但又不能不看他面前一切的眼睛瞧了瞧沙发靠背，等待着——等待这可怕的坠落、撞击和毁灭。"反抗是不可能的，"他对自己说，"但至少得弄明白，这是为什么？那也不可能。如果说，是我没有像应该的那样生活，倒也能够解释。但正是这一点不可能承认。"他对自己说，回想起自己生活中所有的合法性、正确性和体面。"正是这一点不可能认可，"他对自己说，嘴唇上现出一丝笑容，仿佛有人能看到他的这一微笑并被它欺骗似的，"没有解释！折磨，死亡……为什么？"

11

这样过了两个星期。在这两个星期里,发生了伊万·伊利奇和他的妻子期望的一件事:彼得利谢夫做出了正式的求婚。这件事发生在晚上。第二天,普拉斯科维娅·费奥多罗夫娜走进丈夫的房间,考虑着,如何向他宣布费奥多尔·彼得罗维奇的求婚,但就在当天夜里,伊万·伊利奇的情况发生了新的恶化。普拉斯科维娅·费多罗芙娜发现他还在那张沙发上,但换了一个姿势。他仰面躺着,呻吟着,停滞的目光看着自己前面。

她开始说起药物来。他将自己的目光移到她身上。她没有说完她开始说的事,那种愤恨,正是对她的愤恨,表露在了这种目光中。"看在基督的分上,让我平静地死吧。"他说。

她正想离开，但这时候女儿进来了，走上前来问好。他像看他妻子那样看了看女儿，对她有关健康状况的问题则干巴巴地告诉她，他很快就会让他们所有人从自己这里解脱出来。两个人不再说话，坐了一会儿便出去了。

"我们又有什么错呢？"丽莎对母亲说，"就好像这是我们做下的！我可怜爸爸，可为什么要折磨我们呢？"

医生在惯常的时间到来。伊万·伊利奇回答他"是、不"，一直没从他身上移开痛恨的目光，最后他说：

"您知道，什么都没用，就请别管了。"

"我们能减轻痛苦。"医生说。

"那您也办不到。请别管了。"

医生出门去了会客室，告诉普拉斯科维娅·费奥多罗夫娜，情况很不好，唯一的办法——鸦片，用来减轻痛苦，痛苦想必十分可怕。

医生说明，他身体上的痛苦十分可怕，这也是真话。但比他身体痛苦更可怕的是他的精神上的痛苦，这是他经受的主要磨难。

他精神上的痛苦在于，这天夜里，看着格拉西姆那张惺忪、和善、高颧骨的脸,他脑子里突然想到:要是实际上我的生活,有意识的生活,真的"不对头"呢。

他突然想到,先前在他看来完全不可能的事情,即他没有像应该的那样度过自己的一生,这一点可能是对的。他突然想到,他的那些稍可察觉的、与身居高位者认为好的东西做斗争的意图,那些他立刻就从自己头脑中赶走的稍可察觉的意图——它们可能是真实的,而其他一切都不对头。他的公务,他的生活安排,他的家庭,以及这些社会和公务的利益——所有这一切都可能不对头。他试图在自己面前为这一切辩护。突然间他感觉到他所辩护之事的全部弱点。没有什么可以辩护的。

"如果是这样,"他对自己说,"而我在远离生命,意识到我已毁掉了赋予我的一切,而且不可能纠正,那可怎么办呢?"他仰面躺下,开始以一种全新的方式检视自己的整个人生。当他早上看到仆人,然后是妻子,然后是女儿,然后是医生,他们的每一个举动,他们的每一句话,都为他证实了夜里向他揭示的可怕真理。他在他们身上看到了自己,看到了他赖以生活的一切,也清楚地看到,这一切都不对头,这一切都是一个可怕的巨大骗局,遮掩了生与死。这种意识增强了,十倍地扩大了他身体的痛苦。他呻吟着,翻来覆去拉扯自己的衣服。他觉得,它正在窒杀和压迫他。为此,他恨他们。

给了他大剂量的鸦片,他昏睡过去。但是到了午饭时,又开始了同样的一切。他把所有人都从他身边赶走,翻来覆去折腾着。

妻子走进他的房间说:

"Jean,亲爱的,为我做这件事吧(为我?)。这不可能有害处,但常常是有帮助的。怎么呢,这不算什么。健康的人也经常……"

他睁大眼睛。

"什么?领圣餐?为什么?不需要!不过……"

她哭了起来。

"好吗,我亲爱的?我叫我们自己那位,他那么亲切。"

"好极了,很好。"他说道。

当神父到来,听他忏悔时,他软化了,感觉好像从自己的种种怀疑、由此也从种种痛苦中解脱出来,让他有了片刻的希望。他又开始想盲肠和纠正它的可能性。他眼含泪水领受了圣餐。

圣餐之后安顿他躺好时，他感到一阵轻松，再次出现了对生活的希望。他开始考虑曾向他提议的手术。"活着，我想活着。"他对自己说。妻子前来祝贺，她说了些平常的话，又补充道：

"真的吗，你感觉好些了？"

他，看也不看她，说了句："是。"

她的衣着，她的身形，她脸上的表情，她的声音——都告诉他一件事："不对头。你以前和现今赖以生活的一切——都是谎言，是对你隐瞒了生与死的骗局。"一想到这一点，他的仇恨就升了起来，伴随着仇恨的是身体上的极度痛苦和伴随痛苦的、对不可避免而又切近的灭亡的意识。某种新的东西出现了，开始拧绞，击刺，压迫呼吸。

当他说"是"时，他脸上的表情是可怕的。说出这个"是"，直视着她的脸，他以异常于自身虚弱的快速把脸朝下一转，喊道：

"走开，走开吧，别管我！"

12

从这一刻起开始了三天不间断的叫喊，声音是那样可怕，隔着两扇门听见都让人不无惊恐。回答妻子的那一刻，他就明白自己完了，没有回程，终结已到，完全的终结，而疑惑却仍未解开，疑惑还是疑惑。

"呜！呜呜！呜！"他用不同的语调叫喊。他开始喊着："我不要！"就这样继续喊着一个"y[1]"字。

整整三天，其持续中，对他来说等于没了时间，他在那个黑色的袋子里挣扎，是一股无形的不可抗拒的力量将他塞进去的。他挣扎着，就像被判处死刑的

---

1 在俄语中，字母"y"的发音为"呜"。

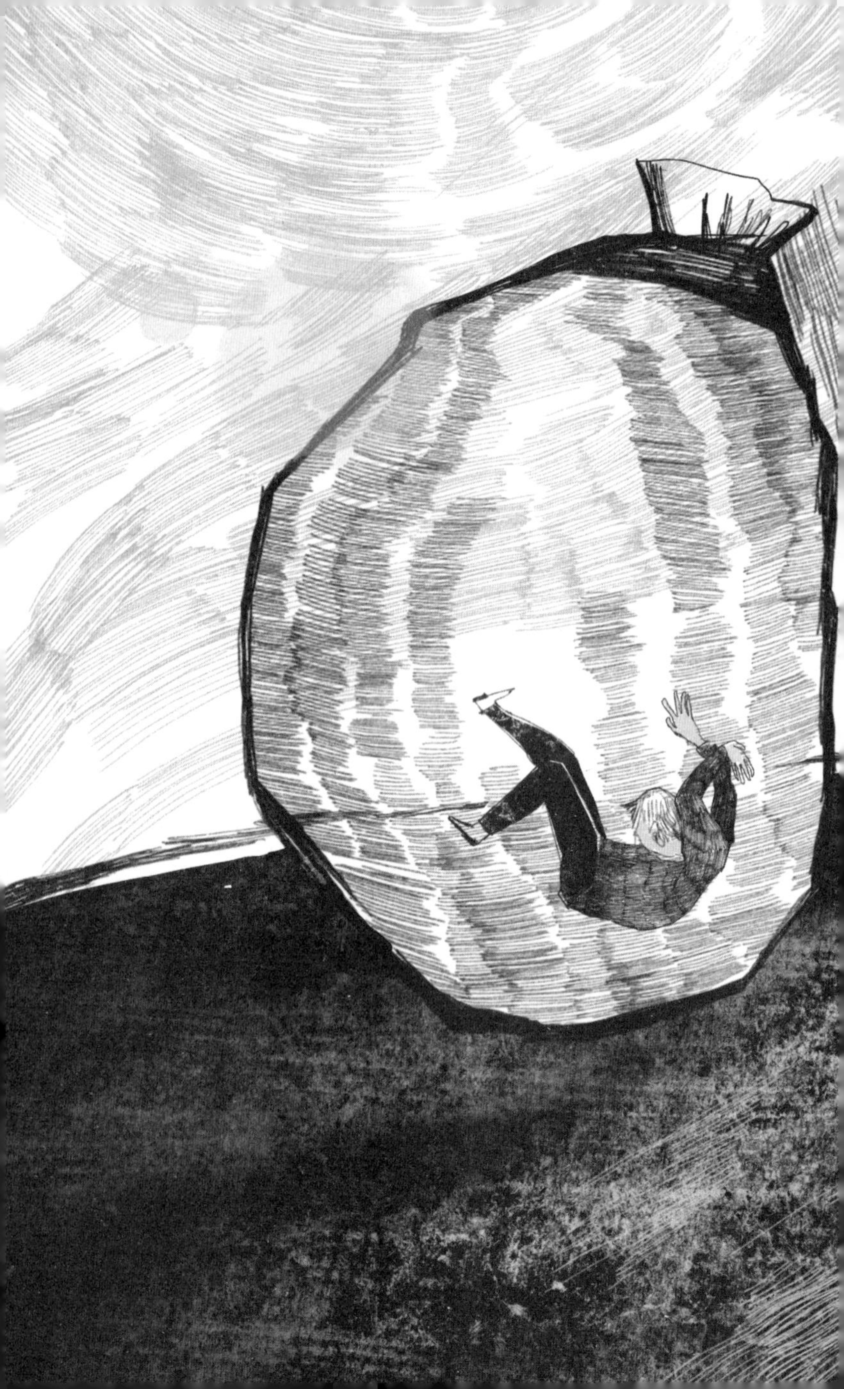

人在行刑者手中挣扎，知道自己无法得救。每一分钟他都觉得，尽管一直在竭力苦斗，他却越来越接近让他恐惧的东西。他觉得，他的痛苦就在于，他被塞进了这个黑洞，更在于他爬不过去。阻碍他爬过去的是那种认识，即他的生活是美好的。正是这种为生活的开脱钩住了他，不让他向前，也最让他深受折磨。

突然间有一股力量撞向他的胸膛、肋部，更强有力地压迫着他的呼吸，他跌入洞中，那边，在洞的尽头，有个什么东西亮了起来。在他身上发生了他在铁路车厢里常常遇到的事情，当你以为你在向前行进，然而你正在后退，然后突然间你才弄清真正的方向。

"是的，一切都不对头，"他对自己说，"但这没什么。可以，可以做'对'。什么是'对'呢？"他问自己，突然安静下来。

这是在第三天结束，他死前的一个小时。就是在这个时候，中学生悄悄地溜进父亲的房间，走到他的床边。濒死的人在绝望地叫喊着，双手乱摆。他的一只手落在了中学生的头上。中学生抓住它，贴在嘴唇上哭了起来。

就是在这个时候，伊万·伊利奇跌倒了，看见了光，向他揭示了他的生活不是应该的那样,不对头,但这仍然可以纠正。他问自己:什么是"对"呢,继而安静下来,倾听着。这时他感觉到有人亲吻他的手。他睁开眼睛望着自己的儿子。他可怜起他来。妻子走近他。他望着她。她张着嘴巴,鼻子和脸颊上带着未擦去的眼泪,一副绝望的表情看着他。他可怜起她来。

"对,我在折磨他们,"他想。"他们感到怜惜,但我死了他们会好过些。"他想说这句话,却又无力说出来。"不过,何必要说呢,应该去做。"他想。他用目光向妻子指着儿子说道:

"带出去……可怜……还有你……"他还想说"宽恕吧",但说的是"放过吧",也无力再纠正了,就挥了挥手,也知道想理解的人会理解的。

突然间他清楚了,那个折磨着他而不肯走出来的东西,突然一下子由两个方向、十个方向,从所有的方向走出来了。可怜他们,就应该行动,好让他们免受痛楚。让他们也让自己摆脱这些痛苦。"多好,多简单啊。"他想,"可疼痛呢?"他问自己:"它去哪儿了?嗯,疼痛,你在哪里啊?"

他开始留神倾听。

"是的,它在这儿呢。那好,就让它疼吧。"

"死亡呢?它在哪儿?"

他寻找自己先前对死亡的习惯性恐惧,没有找到。它在哪儿?是怎样的死亡?任何恐惧都没有,因为死亡也是没有的。

取代死亡的是光。

"原来如此!"他突然说出声来,"多快乐啊!"

对他来说这一切都发生在一瞬间,这一瞬间的意义已经不再改变。对在场的人而言他的痛苦又持续了两个小时。在他胸部有什么东西咯咯作响,他消瘦的身体哆嗦了一下,随后"咯咯"的声音和喉鸣就越来越少了。

"结束了!"有人在他上方说道。

他听到了这些话,在自己心里重复着它们。"死亡结束了,"他对自己说,"它再也没有了。"

他吸入了一口气,呼吸到一半就停了下来,身子一挺,死了。

(全文完)

译后记

人人皆是伊万·伊利奇

死亡是托尔斯泰小说的重要主题。史诗般的《战争与和平》中,安德烈公爵的死是最为壮美的篇章,如歌如吟;在《安娜·卡列尼娜》的第五部,作家巨细靡遗地描述了列文哥哥缓慢而煎熬的病殁,甚至为这一部分的其中一个章节例外地添加了副标题:《死》。这部占据世界文学巅峰地位的小说连篇累牍地宣述列文对生死意义的诘问,而托尔斯泰伯爵本人,继一八六八年经历了所谓"阿尔扎马斯的恐怖"之后,陷入了持续性的精神危机,文学活动随之转向,这一时期最为著名的文学贡献便是这部中篇小说《伊万·伊利奇之死》。

小说写于一八八五年八月到一八八六年三月间。早在一八八一年夏,托尔斯泰第一次听说图拉地区法院的检察官伊万·伊利奇·梅奇尼科夫去世的消息,后来,又从死者亲属那里得知梅奇尼科夫临终时的想法:"他所过的生活是无用的。"或许是这句遗言,以及作家是年患病和承受丧子之痛促成了小说的创作。

"伊万·伊利奇一生的过往经历是最简单最平常,也是最可怕的。"在主人公传记的一开始,作家便发出自己的声音。这一判断折射出托尔斯泰本人的生活态度。在《忏悔录》中,他曾描述那一阶段所处的困境:"我的生活陷入了停滞。我呼吸、吃饭、睡觉,我不得不做这些事;但是没有生命,因为没有我认为可以合理实现的愿望。"主人公伊万·伊利奇的一生顺遂得意,法律学校毕业后,职位、婚姻和晋升接踵而至;他不断谋求上升途径,当家庭和妻子变得难于应付,他又顺滑地将生活重心移到公务中,在牌局获得享乐。然而,叙述者对伊万·伊利奇生活的贬抑无处不在——他所过的生活是无用的。实际上,这种官僚人格在作家的人物谱中已有前鉴:《安娜·卡列尼娜》

中的卡列宁。他"一辈子都在公务领域度过,与生活的映像保有干系。每一次,当他碰撞到生活本身的时候,他就躲开它。现在他体会到一种感觉,就像一个人安静地走在鸿沟上的一座桥,突然间看见这座桥已被拆掉,前面是无底的深渊。这深渊——就是生活本身,桥——就是阿列克谢·阿列克桑德洛维奇过的那种假造的生活。"深渊之下有妻子的背叛带给卡列宁的痛苦,也有伊万·伊利奇意识到自己虚幻生命的终结。

叙述结构的哲学性特征赋予小说纷繁复杂的多层维度。"自我"与"他者"的相互审视贯穿始终。作品一开始,伊万·伊利奇便陈列了自己的死,在生者眼里彻底完成了异化,所有的人以旁观者的立场思索观看死去的、变形的他,人们仿佛不由得内心生出某种怜悯,甚至赞美,弥补这种异化:"就像所有死人那样,他的脸更加漂亮,主要是——比在活人身上更具深意了。脸上表情的意思是,该做的都已做完,而且也做对了。"然而,自我与他者间的界限是那样突兀、清晰:人们自然而然地认为,这事只是发生在伊万·伊利奇身上,自己身上不应该、也不可能发生这种事。接着,在以伊万·伊利奇为中心的叙述中,自我与他者的角色渐渐逆转,是他,而不是周围的人,逐渐认识到自己的生活"不对头",认识到他人的虚伪和谎言,最终以死亡(或再生:分析家们认为,结尾处伊万·伊利奇落入的黑袋子是一种绝佳的象征,既可理解为致死的病因——肠子,也可理解为育发生命子宫)逃脱了异化他的世界。

小说结构的独创性还表现在章节的时空设定上。叙述者仿佛手执一柄神奇的、不断移近的放大镜:十二章的长度渐次缩短,时间上从前几章匆匆带过的几十年、几年,逐渐详尽到几个月、几个星期,直到最后一章的几天、几小时;空间上也呈现出放大镜移近产生的聚焦效应。第二章到第四章,伊万·伊利奇处于公务旅行的庞大背景上,渐渐地,随着他的晋升和安居,叙述盘桓于他的时髦公寓和浮华的内饰之间,接着,他的活动范围进一步受限,直至最后缩窄为书房里的一张沙发。叙事所挟带的愈发浓重的死亡阴影,投射在文本结构这座时空交错的巨塔之上,呈现出独创性的、震慑人心的形式美;在语言上,托尔斯泰一再搬弄其所擅长的重复技巧，讽刺伊万·伊利奇的世界沉闷和无趣——他在装饰新居时："这正是所有不完全是富人，却偏要显得像富人的那些人常有的情况，因此只能是互相之间都很像"，"一切都是所有特定种类的人会做的，以便显得像所有特定种类的人。""当一切还未安排妥当，还需要进行安排。"以及医生在推断病情时："某某及某某表明，在您的体内有某某及某某。但如果按照某某及某某检查确定下来，那么您的情况应该推断为某某及某某。如果推断为某某，那就……"同时，托尔斯泰也精心撷取生活细节，穿插了诸多讽刺性的场面，遗孀会客室里沙发弹簧与披肩花边的插曲便是一例。

伊利奇并非因自己的过错而死，他的死正如每个人注定要死。从这个意义上说，伊利奇也是作家本人，是每个读到他的人，每个活着的、有省思能力的人。小说中的生与死一直呈现对位状态，有情节，也有人物。前者，是他人的反应对应伊万·伊利奇的病况，后者，是格拉西姆衬托伊万·伊利奇，也衬托所有活得"不对头"的人。格拉西姆健康、清新，一双大手结实有力，连他脚上的靴子都在向四周散发出好闻气味和冬日的清爽气息；服侍主人时，他的所有举动都完美无缺，时刻表现出充满动感、让所有其他人黯然失色的生命活力。(他)"露出乡下人那洁白齐整的牙齿，就像正忙于紧张工作的仆人那样，赶快打开门，唤来马车夫，帮着彼得·伊万诺维奇坐上车，又跳回门廊，仿佛在想着他还能做些什么。"伊万·伊利奇喜欢这个年轻仆人的陪伴，因为格拉西姆不欺骗他，令他倍感安慰，有他在身边，甚至肉体的痛苦都易于承受了。这个人物也反映了托尔斯泰彼时的精神求索。在他看来，那些目不识丁、没受过教育的人，对生活的意义却有明确的概念；俄罗斯农民的信仰赋予了他们生命的意义，使他们免遭他所遭受的绝望。

《伊万·伊利奇之死》是作家文学生涯后半段的拿手绝活，也是一部现实主义的杰作，同时也包含了十九世纪九十年代后占据俄罗斯文学主导地位的象征主义艺术的诸多先兆。苏格拉底说：哲学就是练习死亡。一次次的死亡练习成就了思想家托尔斯泰，也使他成为二十世纪现代文学的先行者——可以说，没有伊万·伊利奇，就没有卡夫卡的萨姆沙，没有加缪的默尔索。

孔子有言：未知生，焉知死。死的问题终究是生的问题。在物质欲望与科技霸权双双掌控现代人生活的当下，这部旷世名作不啻一副心灵的解毒剂，也令人享受深刻思考带来的乐趣。

于大卫

二〇二二年十一月，威海

伊万·伊利奇之死

作者 _ [俄] 列夫·托尔斯泰   译者 _ 于大卫

产品经理 _ 周娇   装帧设计 _ 达克兰   产品总监 _ 李佳婕
技术编辑 _ 顾逸飞   责任印制 _ 梁拥军   出品人 _ 许文婷

营销团队 _ 王维思   物料设计 _ 孙莹

果麦
www.guomai.cn

以 微 小 的 力 量 推 动 文 明

图书在版编目（CIP）数据

伊万·伊利奇之死 /（俄罗斯）列夫·托尔斯泰著；于大卫译. -- 天津：天津人民出版社, 2023.5（2024.3重印）
ISBN 978-7-201-19284-0

Ⅰ.①伊… Ⅱ.①列… ②于… Ⅲ.①中篇小说－俄罗斯－现代 Ⅳ.①I512.45

中国国家版本馆CIP数据核字(2023)第061170号

伊万·伊利奇之死
YIWAN YILIQI ZHI SI

出　　版	天津人民出版社
出 版 人	刘锦泉
地　　址	天津市和平区西康路35号康岳大厦
邮政编码	300051
邮购电话	022-23332469
电子信箱	reader@tjrmcbs.com
责任编辑	康嘉瑄
产品经理	周　娇
装帧设计	达克兰
书籍插画	汪　芳
制版印刷	河北鹏润印刷有限公司
经　　销	新华书店 果麦文化传媒股份有限公司
开　　本	787毫米×1092毫米　1/32
印　　张	4
印　　数	19,001—24,000
插　　页	4
字　　数	56千字
版次印次	2023年5月第1版　2024年3月第4次印刷
定　　价	39.80元

版权所有 侵权必究
图书如出现印装质量问题，请致电联系调换（021-64386496）